Dörte Jensen

Blutiger Wahn
Ein Fall für Joost Kramer

Ostfrieslandkrimi

Klarant Verlag

Copyright © 2019 Klarant GmbH, 28355 Bremen
Klarant Verlag, www.klarant.de – www.ostfrieslandkrimi.de
ISBN: 978-3-95573-974-4
1. Auflage 2019
Umschlagabbildung: Klarant Verlag

Romeo und Julia

Oldenburgisches Staatstheater

Julia Capulet küsste den Leichnam. Vereinzelte Tränen rollten über die Wangen der Zuschauer, als sie sich kurz darauf theatralisch erstach. Wenig später brach das Publikum in frenetischen Jubel aus.

Die junge Schauspielerin Henrike Lammers spielte die Rolle der Julia in dem Drama von William Shakespeare mit einer Intensität, die kaum einen Besucher des Oldenburgischen Staatstheaters kaltließ. Mit Steffen Döpker als Romeo Montague hatte der Regisseur die perfekte Besetzung für das Stück gefunden. Dass die Schauspieler die unglückliche Liebe der beiden Figuren so lebensnah darstellten, lag bestimmt daran, dass sie auch im wirklichen Leben ein Paar waren.

Nachdem der Vorhang ein drittes Mal gefallen war, gingen sie gemeinsam mit ihren Kollegen von der Bühne. Auf dem Weg zu den Garderoben ergriff Steffen Henrikes Hand und zog sie zu sich.

»Sehen wir uns gleich bei mir?«

Henrike sah kurz zu Boden. »Heute ist Mädelsabend. Ich habe Ricarda versprochen, direkt nach der Vorstellung in unsere gemeinsame Wohnung zu kommen. In den letzten Tagen haben wir uns kaum gesehen.«

»Betrachtest du eure Wohngemeinschaft denn wirklich als dein *Zuhause*?« Steffen dehnte den Begriff wie Kaugummi und betrachtete Henrike mit einem derart stechenden Blick, dass sie eine Gänsehaut bekam.

»Ricarda ist meine beste Freundin«, antwortete die norddeutsche Schauspielerin ausweichend, weil sie ahnte, worauf seine Frage hinauslief. Nach der Vorstellung hatte sie aber keine Lust auf eine weitere Diskussion. »Wir haben länger nicht mehr gequatscht. In den letzten Wochen war sie wegen einer Fotoreportage über Ostfriesland viel unterwegs.«

»Worüber redet ihr denn die ganze Zeit?«

»Frauenkram. Du würdest dich dabei bestimmt nur langweilen.«
»Kannst du nicht später noch zu mir kommen?«
Steffen drückte ihre Hand so fest, dass es schmerzte. Im ersten Augenblick wollte Henrike nachgeben, wie sie es in den letzten Wochen immer wieder getan hatte. Dann aber schüttelte sie den Kopf.»Heute nicht. Ich rufe dich an.«
»Du kannst mich doch nicht mit einem Telefonat abspeisen.« Steffen sah sie entrüstet an.
»Henrike!« Jürgen Bittker, der in dem Bühnenstück die Rolle des Bruder John spielte, nickte ihr anerkennend zu.»Du bist heute wieder einmal ganz wundervoll gestorben. Trinkst du in der Theaterkantine noch ein Glas Wein mit uns?«
Henrike schüttelte den Kopf.»Jetzt nicht. Ich bin vollkommen erledigt.«
»Wie du willst. Dann sehen wir uns bei der nächsten Probe.« Er drehte sich um und ging Richtung Kantine.
»Der Kerl behandelt mich wie Luft!« Steffen sah seinem Kollegen entrüstet nach.
»Der ist bestimmt noch sauer, weil du ihn vor der Aufführung angeschrien hast. Deine Reaktion war vollkommen überzogen, ihm ist doch nur etwas runtergefallen.«
»Eigentlich dürfte der Stümper nicht mal mit mir auf der Bühne stehen«, grummelte Steffen. Dann zog er Henrike zu sich.»Was ist eigentlich mit dir los? Du bist in letzter Zeit so abweisend.«
»Nichts.« Sie versuchte ihrer Stimme einen unbeschwerten Klang zu geben. Aber es gelang ihr nicht.
»Wir sollten uns endlich nach einer gemeinsamen Wohnung umsehen. Unser Baby muss doch bei seinen Eltern aufwachsen.«
»Das wird es auch.«
»Dann verstehe ich nicht, warum du nicht mit mir kommen willst.«
»Weil ich jetzt nicht bei dir sein will! Ist das denn so schwer zu verstehen?«
Steffen sah Henrike so entgeistert an, als hätte sie ihm bei jedem Wort eine schallende Ohrfeige verpasst.
»So war das nicht gemeint«, beschwichtigte sie ihn.»Ich will doch nur ...«

»… nichts mehr mit mir zu tun haben.«

»Das habe ich nicht gesagt. Ricarda …«

»Ist dir deine Freundin wichtiger als unsere kleine Familie?«, unterbrach er sie.

»Wir kennen uns seit der Schulzeit. Sie ist ein ganz besonderer Mensch für mich. Ich möchte jetzt nicht schon wieder mit dir streiten.« Henrike sah Steffen einen Moment lang an, als wollte sie noch etwas sagen. Dann ließ sie ihn einfach stehen und ging in die Garderobe. Nachdem Henrike sich dort abgeschminkt und umgezogen hatte, eilte sie zum Fahrradständer hinter dem Theater. Dort warf sie ihre Tasche in den verbogenen Korb des alten Fahrrades mit dem klappernden Schutzblech und fuhr zu ihrer Wohnung im Ziegelhofviertel.

***

»Wie war deine Aufführung?«, wollte Ricarda Albers wissen, als Henrike die Tür der Altbauwohnung aufschloss und in den Flur trat. »Wegen eines Staus auf der Autobahn habe ich es leider nicht mehr rechtzeitig ins Theater geschafft. Ich bin selbst erst vor einer halben Stunde nach Hause gekommen.«

»Das Publikum war begeistert.«

»Ah ja. Deinem Gesichtsausdruck nach scheinen sie dich eher mit faulen Tomaten beworfen zu haben. Was ist denn los? Fahren die Hormone mit dir wieder einmal Achterbahn?«

Seufzend ließ Henrike ihre Tasche auf die Kommode fallen. »Steffen will unbedingt mit mir zusammenziehen.«

»Darüber reden wir gleich. Setz dich erst mal, ich bringe dir ein Glas Sekt. Der wird dich wieder in Stimmung bringen.« Schon war Ricarda auf dem Weg in die Gemeinschaftsküche, doch Henrike hielt sie zurück.

»Nein, Ricarda. Während der Schwangerschaft werde ich keinen Tropfen Alkohol anrühren.«

»Darum habe ich beim letzten Einkauf Kindersekt besorgt.« Triumphierend hielt ihre Mitbewohnerin zwei bunt bedruckte Flaschen hoch. »Willst du lieber Erdbeer- oder Maracujageschmack?«

7

»Die süße Plörre schmeckt doch grauenvoll.«

»Du wirst dich in den restlichen sieben Monaten wohl oder übel daran gewöhnen müssen.«

»Da hast du auch wieder recht. Ich nehme dann den Erdbeersekt.«

»Kommt sofort!«

Während Ricarda in der Küche verschwand, zog sich Henrike die Jacke aus, schlüpfte aus den Schuhen und setzte sich an den Esstisch. Wenig später stellte Ricarda zwei Sektgläser auf den Tisch, die mit einer knallroten Flüssigkeit gefüllt waren. Henrike betrachtete den Inhalt so skeptisch, als sollte sie damit vergiftet werden.

»Wenn ich das Zeug während der Schwangerschaft öfter trinke, werde ich bestimmt kein Baby, sondern ein rotes Gummibärchen zur Welt bringen«, stellte sie fest.

»Nebenwirkungen gibt es leider immer.« Ricarda hob ihr Glas und prostete Henrike zu. Nachdem sie einen Schluck getrunken hatte, wischte sie sich mit dem Handrücken über den Mund. »So, und nun erzähl. Was ist los? Ist Steffen in den letzten Tagen wieder ausgerastet?«

»Das nicht, aber ... er ist ...«

»Besitzergreifend?«, schlug Ricarda vor und nahm einen weiteren Schluck.

»Irgendwie schon. Manchmal habe ich das Gefühl, dass er mich nicht als Partnerin, sondern eher als sein persönliches Eigentum betrachtet.«

»Hast du mit ihm darüber gesprochen?«

»Ich habe es versucht. Aber auf dem Ohr ist er taub.«

»Liebst du ihn?«

Henrike sah ihre Freundin überrascht an. »Ich erwarte ein Kind von ihm.«

»Das ist keine Antwort auf meine Frage. Ich heirate meine Kerle schließlich auch nicht gleich.« Ricarda grinste. Dann stimmte sie die Melodie eines alten Schlagers von Roberto Blanco an und sang aus voller Kehle: »Ein bisschen Spaß muss sein! Dann ist die Welt voll Sonnenschein ...«

»Aufhören!« Henrike hielt sich lachend die Ohren zu.»Dein Gekrächze hält doch kein Mensch aus.«

Ricarda verstummte und sah ihre Freundin verschmitzt an.»Mit einem Lächeln auf den Lippen gefällst du mir schon viel besser.«

»Ich weiß nicht, was ich ohne dich machen würde. Bei dir kann ich einfach keine schlechte Laune haben.«

»Ich möchte, dass du *niemals* schlechte Laune hast.« Ricarda sah Henrike ernst an.»Wenn Steffen dich nicht zum Lachen bringt, solltest du die Beziehung besser beenden. Du liebst ihn doch nicht einmal.«

»Das habe ich nie gesagt.«

»Das ist auch unnötig. Wenn er dir wirklich etwas bedeuten würde, hättest du meine Frage, ob du ihn liebst, sofort bejaht.«

»Es ist … kompliziert.«

»Ist es das nicht immer?«

»Eigentlich nicht. Wenn ich einen Menschen liebe, muss ich mich in seiner Nähe wohlfühlen und keine …« Henrike verstummte, als suchte sie nach den richtigen Worten, bevor sie den Satz mit einem geflüsterten »… Angst haben …« beendete.

»Ist es so schlimm?« Ricarda legte ihre Hand auf den Unterarm ihrer Freundin, als könnte sie ihr mit dieser Geste Trost spenden.

»Nicht immer«, antwortete Henrike leise.»Steffen ist eigentlich kein schlechter Kerl. Manchmal ist er nur … Ich kann es schwer beschreiben. Können wir bitte über etwas anderes reden?« Flehentlich sah sie Ricarda an.

»Du kannst nicht vor dir selbst davonlaufen. Wenn du dir deiner Gefühle nicht sicher bist, solltest du auf keinen Fall mit ihm zusammenziehen.«

»Das Kind braucht aber einen Vater.«

»Zunächst einmal braucht die Mutter einen liebevollen Partner. Wir können das Baby doch erst mal im Gästezimmer unterbringen. Ich werde ihm auch jeden Abend ein Schlaflied vorsingen.«

»Bei deinen Gesangskünsten ist das keine gute Idee. Was hältst du davon, wenn du für das Windelwechseln zuständig bist?«

»Das könnte dir so passen!«

In den nächsten Stunden richteten sie in ihrer Wohnung gedanklich ein Kinderzimmer ein und teilten die mit einem Baby verbundenen Aufgaben untereinander auf. Dabei redeten und lachten sie so unbeschwert wie schon lange nicht mehr. Als Henrike an diesem Abend ins Bett ging, hatte sie Ricardas Frage, ob sie Steffen wirklich liebte, für sich beantwortet.

***

»Ich muss mit dir reden!«
Drei Tage später ging Henrike nach der Probe im Theater zu Steffen, der sich gerade von zwei Schauspielern verabschiedete.
»Das trifft sich gut. Ich habe für heute Abend um sieben Uhr einen Tisch bei unserem Lieblingsitaliener reserviert.«
»Davon weiß ich nichts.«
»Es sollte auch eine Überraschung sein.«
Als Henrike ihm in die Augen sah, konnte sie einfach nicht ablehnen. Vielleicht wäre ein öffentlicher Ort ohnehin besser geeignet …»Okay. Dann sehen wir uns in zwei Stunden dort.«
»Wollen wir es uns bis dahin nicht noch bei mir gemütlich machen?«
Bei der Frage zwinkerte er ihr zu. Henrike, die genau wusste, dass *es sich gemütlich machen* ein Synonym für Sex war, schüttelte den Kopf.»Heute nicht. Wir sehen uns zum Essen.«
Sie wollte sich gerade wieder abwenden, da legte sich seine Hand wie eine Stahlfessel um ihren Unterarm.»Was ist denn mit dir los?«, fragte er leise.»Seit der letzten Aufführung habe ich dich nicht mehr gesehen. Du reagierst weder auf meine Nachrichten noch auf meine Anrufe. Hörst du deine Mailbox denn nie ab?«
»Lass mich los.« Henrikes Stimme war schärfer als beabsichtigt. Als Steffen seine Hand überrascht zurückzog, drehte sie sich auf dem Absatz um und lief durch den Hinterausgang des Gebäudes zum Fahrradstand. Auf dem Heimweg trat sie so fest in die Pedale, als wollte sie vor ihm fliehen.
Da Ricarda an diesem Tag wieder als Fotografin an der Nordseeküste unterwegs war, ging Henrike direkt in ihr Zimmer.

Dort ließ sie sich auf das Bett fallen, verschränkte die Arme hinter dem Kopf und schloss die Augen. Aber an diesem späten Nachmittag konnte sie keine Ruhe finden. Ihr Gefühlsleben war wie das sturmgepeitschte Meer. Sie durfte keinesfalls darin untergehen! Eine halbe Stunde vor dem Treffen mit Steffen zog sie sich an und legte etwas Make-up auf. Nachdem sie die halblangen rotblonden Haare zu einem Pferdeschwanz zusammengebunden hatte, strich sie sich vor dem Spiegel mit den Händen über den Bauch. Bisher sah man ihr die Schwangerschaft noch nicht an. Bald würde sie es im Theater bekanntgeben, schließlich musste ihre Rolle neu besetzt werden. Bei dem Gedanken an eine hochschwangere Julia Capulet huschte ein flüchtiges Lächeln über ihr Gesicht, aber nur Sekundenbruchteile später verschwand es so plötzlich wie die Sonne, vor die sich eine dunkle Wolke schiebt. Ohne dass es ihr bewusst war, kniff sie die Lippen so fest zusammen, als wollte sie die Worte, die sie an diesem Abend würde sagen müssen, in sich einsperren. Sekunden später nickte Henrike ihrem Spiegelbild entschlossen zu. Dann machte sie sich auf den Weg.

***

»Wo warst du denn?« Steffen sah seine Freundin tadelnd an. »Du kommst fast zwanzig Minuten zu spät.«

»Tut mir leid«, murmelte Henrike und setzte sich auf den Stuhl ihm gegenüber. Zu Anfang ihrer Beziehung hatte sie die kleinen Zweiertische und die im Kerzenschein funkelnden Gläser noch romantisch gefunden. Jetzt wirkten sie wie eine unpassende Filmkulisse. Sie würde ihm nicht verraten, dass sie eine Viertelstunde unschlüssig vor dem Restaurant gestanden hatte und am liebsten wieder nach Hause gefahren wäre, um sich unter der Bettdecke zu verkriechen. Aber damit würde sie ihr Problem keinesfalls lösen. Als ihr aufgefallen war, dass sie Steffen nicht mehr als ihren Partner, sondern als Problem betrachtete, hatte sie sich einen Ruck gegeben und das Restaurant betreten. Es wurde Zeit, die Beziehung zu beenden.

»Schon gut«, meinte er gönnerhaft und reichte ihr eine der Speisekarten. Henrike nahm diese entgegen, auch wenn sie an diesem Abend bestimmt keinen Bissen herunterbekommen würde. Nachdem sie ihr Essen ausgesucht und bestellt hatten, trat ein Kellner mit einer Flasche Sekt und zwei Gläsern an ihren Tisch. Verwundert sah Henrike ihm beim Öffnen der Flasche zu. Sie konnte sich nicht daran erinnern, dass Steffen den Sekt bestellt hatte. »Was soll das?« Sie sah Steffen fragend an. »Wenn du die Flasche bestellt hast, wirst du den Sekt allein trinken müssen. Du weißt doch, dass ich schwanger bin.«

»Heute solltest du eine Ausnahme machen. In den letzten Tagen habe ich viel über unsere Beziehung nachgedacht. Bevor wir uns eine eigene Wohnung nehmen, möchte ich …« Er verstummte. Dann griff er in die Tasche seiner über der Stuhllehne hängenden Jacke und nahm ein weißes Kästchen heraus. Einen Moment lang sah Steffen sie an, als wüsste er nicht, was er nun sagen sollte. Dann öffnete er die kleine Schachtel und legte sie vor Henrike auf den Tisch. Ein Ring funkelte im Schein der Kerze, die in der Mitte des Tisches stand.

»Henrike Lammers. Willst du mich heiraten?«

Plötzlich schien alles um Henrike herum zu erstarren, als hätte jemand die Zeit angehalten. Entgeistert sah sie auf das Schmuckstück. Für einige Sekunden fühlte sie sich wie die Figur in einem Theaterstück, die ihren Text nicht gelernt hatte und daher keine Ahnung hatte, was sie nun sagen sollte.

»Ich will …«, flüsterte sie kaum hörbar.

Lächelnd legte er seine Hand auf ihre. Die Berührung riss sie aus ihrer Erstarrung.

»… dich verlassen.«

Hastig griff sie nach ihrer Handtasche und stand so abrupt auf, dass der Stuhl krachend zu Boden fiel. Die anderen Gäste unterbrachen ihre Gespräche und sahen sie irritiert an. Ohne sich um den umgefallenen Stuhl zu kümmern, stürmte Henrike aus dem Restaurant und lief durch die Fußgängerzone Richtung Schlosspark. Tränen rannen über ihr Gesicht.

Sie bemerkte nicht einmal, dass sie ihre Jacke nicht mitgenommen hatte. In der Nähe des Schlossgartenteichs ließ sie sich auf eine Bank fallen und starrte gedankenverloren auf das sich in einem leichten Wind kräuselnde Wasser. Nach einer Weile, die ihr wie eine Ewigkeit vorkam, stand sie auf und ging zum Schlossplatz. Dort nahm sie sich ein Taxi, das sie zu ihrer Wohnung brachte. Das Fahrrad würde sie morgen holen. Vor dem Altbau nahm sie die Geldbörse aus der Handtasche und drückte dem Fahrer einen Schein in die Hand. Dann stieg sie aus, drückte die tagsüber nicht verschlossene Eingangstür des Mehrfamilienhauses auf und sprintete die steinernen Treppenstufen hinauf bis zu ihrer Wohnung im zweiten Stock. Hoffentlich war Ricarda inzwischen wieder nach Hause gekommen! Sie wollte jetzt keinesfalls allein sein und …

Abrupt kam sie auf der letzten Stufe zum Stehen und sah entgeistert zu ihrer Wohnungstür.

»Was willst … du … hier?«, keuchte sie atemlos.

»Ich werde dich zur Vernunft bringen!«, erwiderte Steffen und trat auf sie zu. »Was fällt dir ein, mich in aller Öffentlichkeit zu demütigen?«

»Das wollte ich nicht. Bitte geh jetzt!«

»So einfach wirst du mich nicht los!« Er griff nach ihrer Hand.

»Lass das!«, rief Henrike und versuchte sich aus seinem Klammergriff zu befreien. »Du tust mir weh!«

»Du gehörst mir, Henrike. Hast du das verstanden?« Sein Atem strich heiß über ihre Wange.

»Niemals!«, schrie sie ihn an.

»Was ist denn hier los?«

Überrascht sah Steffen zu Ricarda, die gerade die Wohnungstür geöffnet hatte. Henrike nutzte den Moment und riss sich los, doch dabei verlor sie das Gleichgewicht, machte einen Schritt nach hinten und trat plötzlich ins Leere. Mit einem Aufschrei fiel sie polternd über die Stufen. Als sie auf dem nächsten Treppenabsatz liegen blieb, war … Stille.

Heimkehr

Oldenburg, September 11 Jahre später

»Ich weiß, dass Sie die Bilder schon vor einer Stunde bekommen sollten. Mein Computer ist abgestürzt, daher konnte ich Ihnen die Dateien noch nicht schicken. Zum Glück hatte ich sie vorher auf einem USB-Stick gespeichert. Zudem ...« Ricarda Albers seufzte vernehmlich, als der Anrufer sie unterbrach und sich lauthals über ihre Unzuverlässigkeit beschwerte. »Mir ist klar, dass Sie die Aufnahmen für einen Kundenauftrag Ihrer Werbeagentur brauchen. Was halten Sie davon, wenn ich Ihnen den Speicherstick persönlich vorbeibringe? Mit dem Fahrrad bin ich in einer Viertelstunde bei Ihnen. – Gut. Bis gleich.«

Nachdem die freiberufliche Fotografin das Telefonat beendet hatte, zog sie den Stick aus dem Laptop, der sich am frühen Nachmittag ohne Vorwarnung verabschiedet hatte. In den letzten beiden Stunden hatte die Zweiunddreißigjährige vergeblich versucht, zumindest die darauf befindlichen Daten zu retten. Nun würde sie doch professionelle Hilfe in Anspruch nehmen müssen. Hoffentlich konnten IT-Experten den Inhalt ihrer Festplatte sichern. Ricarda steckte das Speichermedium in die Hosentasche und eilte aus dem Arbeitszimmer, das sie sich in ihrer Wohnung in den Fleethöfen am Oldenburger Stadthafen eingerichtet hatte.

Sekunden später knallte sie die Wohnungstür im dritten Stock hinter sich zu. Da der Fahrstuhl wieder einmal kaputt war, nahm sie die Treppe. Im Erdgeschoss verschnaufte sie einen Moment. Sie musste dringend wieder etwas für die Fitness tun, in den letzten Jahren waren ihre Hüften bereits *zu* rundlich geworden. Aber Sport und Ricarda schienen einfach nicht füreinander geschaffen zu sein. Nachdem sie wieder etwas zu Atem gekommen war, fuhr sie sich durch die kurz geschnittenen schwarzen Haare, die sie bei ihrem letzten Friseurbesuch aus einer Laune heraus mit lilafarbenen Strähnchen aufgelockert hatte.

»Ich habe das Fahrrad heute Mittag doch in den Flur geschoben!«, murmelte sie vor sich hin, als sie ihren Drahtesel nicht fand. Ricarda öffnete die Haustür, sah hinaus und entdeckte das Rad an der Hauswand lehnend. Irritiert schüttelte sie den Kopf. Sie konnte sich nicht daran erinnern, es dort abgestellt zu haben. Die Eisenkette, mit der es gesichert war, hatte sie noch nie gesehen. Sie benutzte immer das alte Ringschloss.

»Das darf doch nicht wahr sein!«

Auch ohne den Zettel, der in dem Drahtkorb an ihrem Lenker lag, zu lesen, wusste sie, dass ihr Nachbar dafür verantwortlich war. Joost Kramer machte ihr seit seinem Einzug im Frühjahr das Leben zur Hölle. Der Polizist war einer jener Zeitgenossen, die ihre Lebensaufgabe in der Einhaltung von Recht und Ordnung gefunden zu haben schienen. Die anfängliche Freude über den gut aussehenden Kerl, der im Gegensatz zu ihr seine gesamte Freizeit in einem Fitnesscenter zu verbringen schien, war schnell Ernüchterung gewichen, denn hinter der durchaus ansprechenden Fassade verbarg sich ein Pedant, der sie immer wieder in den Wahnsinn trieb.

Frau Albers, wie Sie bestimmt wissen, dürfen Fahrräder nicht im Flur abgestellt werden. Damit ich Sie noch einmal mit der gültigen Hausordnung vertraut machen kann, bitte ich Sie, sich den Schlüssel an der Polizeidienststelle Friedhofsweg abzuholen. Halten Sie sich im Interesse einer guten Nachbarschaft zukünftig an die Regeln!
Joost Kramer

Gedanklich bedachte Ricarda ihren Nachbarn mit nicht jugendfreien Schimpfwörtern und eilte zurück in ihre Wohnung. Dort schnappte sie sich den Wagenschlüssel für den hellgrünen Käfer, den sie aus einer Sektlaune heraus auf den Namen *Frosch* getauft hatte, knallte die Tür hinter sich zu und machte sich wieder auf den Weg nach unten. Atemlos öffnete sie kurz darauf die Wagentür und ließ sich auf den Fahrersitz fallen. Als sie den Käfer anlassen wollte, rutschte ihr der Schlüssel aus den verschwitzten Fingern und fiel in den Fußraum. Fluchend tastete sie danach. Wenn sie diesen Joost Kramer sah, würde sie ihn …

Während Ricarda sich in Gedanken ausmalte, was sie alles mit ihm anstellen konnte – natürlich waren ihre Vorstellungen illegal und mehr oder weniger schmerzhaft –, ließ sie den Wagen an und fuhr Richtung Innenstadt. Mit etwas Glück konnte sie ihren verärgerten Kunden noch rechtzeitig erreichen. An den Berufsverkehr am späten Nachmittag dachte sie erst, als sie sich in die Blechlawine eingefädelt hatte und langsam durch die verstopften Straßen kroch. Als sie ihr Ziel endlich erreichte, hatte die Werbeagentur den Auftrag bereits per Mail storniert.

Fluchend fuhr sie zum Friedhofsweg und stellte ihr Fahrzeug in der Nähe der Polizeistation ab. Wenige Minuten später teilte ihr eine junge Beamtin mit, dass Joost Kramer zu einem Unfall gerufen worden war und erst später zurückkommen würde. Nach dem Versprechen, den Kollegen über ihren Besuch zu informieren, machte sich Ricarda auf den Rückweg.

Zwanzig Minuten später nahm sie sich eine Flasche Bier aus dem Kühlschrank, ließ sich auf das Sofa fallen und starrte auf das Chaos in ihrer Wohnung. Da sie in den letzten Tagen rund um die Uhr an dem Kundenauftrag für die Werbeagentur gearbeitet hatte, war sie weder zum Aufräumen noch zum Saubermachen gekommen. Sie musste dringend so etwas wie Ordnung in ihre vier Wände bringen.

Bei dem Wort *Ordnung* dachte sie wieder an ihren pedantischen Nachbarn, in dessen Wohnung bestimmt keine Wäsche im Wohnzimmer lag und keine Schuhe in der Küche standen. Ricarda schloss die Augen, um die unerledigte Arbeit nicht länger sehen zu müssen. Wenig später war sie eingeschlafen.

Die Türklingel schreckte sie aus ihren Träumen. Ricarda wischte sich mit den Handrücken über die Augen. Dann stand sie auf, schlurfte zur Tür und fuhr sich vor dem Garderobenspiegel mit den Fingern durch die Haare, die jetzt nur noch eine entfernte Ähnlichkeit mit einer Frisur hatten. Nach einem Blick durch den Türspion hätte sie sich am liebsten gleich wieder hingelegt. Da sie aber den Schlüssel für die Sicherheitskette am Fahrrad brauchte, öffnete sie.

»Guten Abend, Frau Albers.«

Das Lächeln hätte sie bei einem anderen Mann bestimmt charmant gefunden. Bei ihrem Nachbarn wirkte es so aufgesetzt wie bei einem Politiker.

»Als Polizist ist es meine erste Bürgerpflicht, Sie an die Einhaltung der Regeln zu erinnern und ...«

»Den Vortrag kenne ich bereits«, unterbrach sie ihn genervt. »Ihretwegen habe ich einen Scheißtag hinter mir und einen wichtigen Kunden verloren. Dürfen Sie mein Fahrrad überhaupt abschließen?«, wollte sie wissen, während sie ihm die Hand wie einen Zahlteller entgegenhielt.

»Wenn Sie die Rechtmäßigkeit meines Handelns in Zweifel ziehen, können Sie gerne einen Anwalt konsultieren.«

»Wenn Sie endlich den Stock aus Ihrem Arsch ziehen würden, kämen wir beide besser miteinander aus.«

Einen Moment lang sah er sie so verwirrt an, als hätte sie ihn gebeten, nackt auf dem Oldenburger Stadtfest zu tanzen.

»Im Gegensatz zu Ihnen bemühe ich mich um eine gute Nachbarschaft. Wenn ich Ihr Fahrrad noch einmal im Hausflur sehe, werde ich es konfiszieren. Die Kette habe ich vorhin entfernt. Ich wünsche Ihnen einen schönen Abend.«

»Sie können mich auch mal.«

Ricarda knallte ihm die Tür vor der Nase zu. Im Wohnzimmer sah sie auf die Uhr. Es war kurz nach neun. Statt sich über ihren Nachbarn zu ärgern, sollte sie sich lieber auf den Besuch ihrer Freundin freuen. Bis zu ihrer Ankunft musste sie allerdings noch die Wohnung auf Vordermann bringen.

Ricarda legte eine CD mit deutschen Schlagern aus den siebziger Jahren ein. Bei der Musik konnte sie am besten putzen. Während sie das Geschirr spülte und den Boden wischte, sang sie die bekannten Melodien lauthals mit. Sie begleitete den Sänger Christian Anders gerade in einem *Zug nach Nirgendwo*, als es erneut klingelte.

»Gefällt Ihnen meine Musik nicht?«, wollte sie von ihrem Nachbarn wissen, nachdem sie die Tür geöffnet hatte.

»Es geht nicht um die Musik, sondern um die Lautstärke. Würden Sie diese bitte zurückdrehen? Mit dem Krach beschallen Sie das ganze Haus!«

17

»Seltsamerweise stört es außer Ihnen niemanden.«

»Ich bin auch der Einzige, der direkt neben Ihnen wohnt.«

»Dann würde ich mich an Ihrer Stelle nach einer anderen Wohnung umsehen.« Mit diesen Worten schloss sie die Tür, stampfte wütend ins Wohnzimmer zurück und machte die Stereoanlage aus. Zwei Stunden später glänzte die Wohnung wie schon lange nicht mehr. Ricarda nahm sich ein weiteres Bier aus dem Kühlschrank und setzte sich damit an den Esstisch, an dem sie früher oft mit Henrike gesessen hatte.

**

Am nächsten Morgen stand Ricarda entgegen ihren sonstigen Gewohnheiten früh auf und schlurfte zur Kaffeemaschine. Während der Vollautomat geräuschvoll die Bohnen malte, sah sie aus dem Fenster. Die Sonne eines schönen Spätsommertages spiegelte sich auf dem Wasser des Hafens. Trotz der guten Wohnlage und der komfortablen Ausstattung vermisste sie die Altbauwohnung, in der sie zusammen mit ihrer Freundin gewohnt hatte, immer noch.

Mit Henrike war die Leichtigkeit aus ihrem Leben verschwunden. Damals musste sie sich noch keine Sorgen um ihre Zukunft machen. Damals hatte es auch noch keinen Nachbarn gegeben, der ihr mit seiner ewigen Nörgelei auf die Nerven gegangen war. Ricarda nahm die Tasse aus der Kaffeemaschine, kippte etwas Milch hinein und setzte sich an den Küchentisch. Während sie in kleinen Schlucken daran nippte, klappte sie den Laptop auf. Aber trotz aller Bemühungen blieb der Monitor weiterhin dunkel.

Nach dem Kaffee machte sie sich fertig und fuhr mit dem Rad zu einer kleinen Firma, die neben Computern auch Smartphones reparierte. Dort versprach ihr ein schlaksiger Kerl mit fettigen halblangen Haaren, sich bis zum Nachmittag um das Gerät zu kümmern. Ricarda nutzte die Zeit für einen Großeinkauf. Am frühen Abend konnte sie sogar wieder mit ihrem Laptop arbeiten. Die Experten hatten nur ein Teil austauschen müssen, dessen

Namen sie schon wieder vergessen hatte. Wichtig war nur, dass alle Programme wieder liefen und keine Daten verloren gegangen waren.

Obwohl sie mit ihren Aufträgen im Rückstand war, konnte sie sich kaum auf ihre Arbeit konzentrieren. Als es schließlich an der Tür klingelte, sah sie auf die Ziffernanzeige in der unteren Bildschirmleiste. Für den erwarteten Besuch war es zu früh. Wahrscheinlich hatte ihr Nachbar wieder etwas zu meckern. Ricarda ging zur Tür und riss sie auf. Davor stand …

»Henrike!« Sie stieß einen Freudenschrei aus und nahm ihre Freundin in die Arme. »Was machst du denn schon hier? Ich hatte dich erst in zwei Stunden erwartet.«

»Wir haben einen früheren Zug genommen.«

»Komm rein! Du musst mir so viel erzählen!«

Ricarda zog die Schauspielerin in die Wohnung und kickte die Tür zu. Mit einem Knall fiel diese hinter ihr ins Schloss. Wenig später saßen sie an dem Tisch in der Küche, an dem sie viele Jahre zuvor in einer anderen Wohnung zusammengegessen und gequatscht hatten.

»Wie geht es deiner Tochter? Wo ist dein Mann? Wann …«

»Welche Frage soll ich dir denn zuerst beantworten?« Henrike lachte und nahm sich eines der beiden Sektgläser, die Ricarda mit Prosecco gefüllt hatte. »Wir sollten erst einmal auf unser Wiedersehen anstoßen. Wie lange haben wir uns eigentlich nicht gesehen?«

»Fast sieben Monate«, antwortete Ricarda. »Erinnerst du dich etwa nicht mehr an meinen Besuch bei dir in München?«

»Wie könnte ich den vergessen? Weißt du noch, wie wir das Hofbräuhaus gerockt haben?«

»Danach hatte ich einen mordsmäßigen Brummschädel. Ich erinnere mich verschwommen daran, dass ich am nächsten Tag meine Sonnenbrille getragen habe, obwohl es wie aus Eimern geschüttet hat. Wir haben wirklich schon viel erlebt.«

»Das ist richtig.« Plötzlich sah Henrike ihre Freundin ernst an. »Ist dir die Rückkehr nach Oldenburg schwergefallen?«, wollte Ricarda wissen. »Du warst seit fast elf Jahren nicht mehr hier. Ich habe dich immer in München besucht.«

»Ich habe mir mein Engagement im Oldenburgischen Staatstheater gut überlegt.«

»Hast du eigentlich je wieder etwas von Steffen gehört?«

Henrike schüttelte den Kopf. »Du weißt doch, dass er wenige Tage nach dem Unfall, bei dem ich unser Kind verloren hatte, im Krankenhaus war. Dort hat er mich angeschrien und mir unterstellt, ich hätte meine Schwangerschaft bewusst beendet, weil ich ihn nicht heiraten wollte. Nach meiner Entlassung bin ich nach München gegangen, weil ich alles einfach nur hinter mir lassen wollte. Seitdem haben wir keinen Kontakt mehr.« Nachdenklich fuhr sie mit den Fingern über die Tischplatte.

»Rückblickend erscheint mir die Zeit mit Steffen wie ein Albtraum, aus dem ich endlich erwacht bin. Von meinen Kollegen weiß ich von seinem Alkoholabsturz. In der Branche spricht sich so etwas schnell rum. Meines Wissens hat er nach dem Entzug eine Stelle als Hausinspektor hier am Theater bekommen.«

»Das stimmt. Bist du sicher, dass du ihm gegenübertreten kannst?«

»Ich *muss* es tun, Ricarda. Wenn ich ihn wiedersehe, kann ich endlich einen Schlussstrich unter dem dunkelsten Kapitel meines Lebens ziehen. Manchmal habe ich immer noch das Gefühl, vor ihm auf der Flucht zu sein. Bei einem Bummel in der Münchner Fußgängerzone vor einigen Wochen dachte ich sogar, ihn im Spiegelbild einer Schaufensterscheibe hinter mir gesehen zu haben. Anscheinend habe ich immer noch so große Angst vor ihm, dass ich mir seine Anwesenheit einbilde. Damit das ein Ende hat, muss ich ihn endlich wiedersehen. Kannst du das verstehen?«

Ricarda nickte. »Natürlich kann ich das. Wo ist denn Emilia während eures Aufenthaltes in Oldenburg?«

»Sie wohnt bei meinen Schwiegereltern. Unser vierjähriger Wildfang wird Oma und Opa ordentlich auf Trab halten.«

»Das bezweifle ich nicht. Ich freue mich unbändig, dass du wieder in Oldenburg bist. Hier hat sich in den letzten Jahren viel getan. Es gibt einige neue Bars und angesagte Kneipen.«

»Ich bin sicher, dass du mir alle zeigen möchtest.«

»Natürlich!« Ricarda lachte. »Warum wohnt ihr eigentlich im Hotel und nicht bei mir?«

»Wir wollten dir während meines Gastspiels nicht zur Last fallen. Außerdem werden die Kosten für das Zimmer vom Theater übernommen. Da Dennis seinen neuen Film gerade abgedreht hat, werde ich die Gelegenheit nutzen und ihm endlich meine Heimatstadt zeigen. Nach der letzten Vorstellung werde ich mit ihm für einige Tage auf meine Lieblingsinsel Norderney fahren. Ich habe uns schon ein Zimmer in der Pension *Friesenbrise* gebucht. Mein Mann muss endlich die Nordseewellen und eine steife ostfriesische Brise kennenlernen!«

Ricarda lachte. »Was ist eigentlich mit deinem Engagement am Münchner Residenztheater?«

»Ich habe meinen Vertrag dort noch nicht erneuert. Dennis' Agentur hat mir einige lukrative Angebote als Filmschauspielerin besorgt. Vielleicht werde ich im Frühjahr zusammen mit ihm vor der Kamera stehen.«

»In München bist du doch längst ein Star.«

»Jetzt übertreibst du aber!« Henrike strich sich eine Strähne ihres rotblonden Haares hinter das Ohr.

»Du musst nicht so bescheiden sein! Die regionalen Zeitungen berichten über jeden deiner Auftritte. Ich lese die Artikel immer in den Onlineausgaben. Ich bin wirklich stolz auf dich!«

»Deine Freundschaft ist mir wichtiger als jeder Applaus.«

»Quatsch nicht so einen Blödsinn, sonst werde ich noch ganz sentimental. Willst du noch ein Glas Sekt?«

»Selbstverständlich. Du weißt doch, dass ich einen Prosecco niemals ablehnen würde.« Grinsend lehnte Henrike sich zurück und leerte ihr Glas, damit Ricarda nachschenken konnte. »Weißt du noch, wie du mir damals diesen knallroten Kindersekt vorgesetzt hast?«

»Deinen Gesichtsausdruck werde ich nie vergessen. Wann beginnst du mit den Proben?«

»Morgen um zehn Uhr werde ich einige meiner alten Kollegen wiedersehen und die neuen kennenlernen. Es ist schon ein komisches Gefühl, die Rolle der Julia wieder im Oldenburgischen Staatstheater zu spielen.«

»Die Nordwest-Zeitung wird übrigens eine Sonderbeilage von dir bringen. Ich werde die Fotos dafür machen.«

»Dann sehen wir uns auch im Theater! Darauf müssen wir anstoßen.«

An diesem Abend blieb es nicht bei einer Flasche Prosecco. Nachdem Ricarda eine CD mit Hits aus den siebziger Jahren, die sie sich früher immer zusammen angehört hatten, eingelegt hatte, sangen sie den Refrain einiger Titel mit, bis ... es an der Tür klingelte.

»Wenn das mein Nachbar ist, dann ...«

»Hast du etwa einen neuen Lover?«, unterbrach sie Henrike.

»Selbst wenn er der einzige Mann auf der Welt wäre, würde ich sofort ins nächste Kloster gehen.«

»Du als Nonne? Unvorstellbar!«

»Zum Glück gibt es außer ihm auch noch andere Kerle, sodass mir ein Leben in Enthaltsamkeit erspart bleibt.« Lachend öffnete Ricarda die Tür.

»Wissen Sie, wie spät es ist?« Joost Kramer funkelte sie wütend an.

»In Oldenburg sagt man erst einmal *Moin*!«

Ihr Nachbar zog missbilligend die Stirn kraus. »Ihnen gegenüber verliere sogar ich meine guten Manieren. Es ist bereits nach zweiundzwanzig Uhr. Wenn Sie weiterhin die Nachtruhe missachten, muss ich ...«

»... die Polizei wegen Ruhestörung benachrichtigen?«

»Darüber kann ich nicht lachen.«

»Ich bin nicht einmal sicher, ob Sie überhaupt wissen, was das ist.«

»Ihre Musik und das alberne Gekicher höre ich bis in meine Wohnung. Sie sind schlimmer als eine Horde Mädchen im Schullandheim!«

Ruckartig drehte er sich um und stapfte in seine Wohnung zurück. Ricarda knallte die Tür zu. Henrike, die ihrer Freundin in den Flur gefolgt war, sah sie fragend an.

»Was ist dem denn über die Leber gelaufen?«

»Keine Ahnung. In Momenten wie diesen möchte ich ihn am liebsten in der Hunte versenken.«

»Wir sollten seinetwegen nicht gleich kriminell werden. Was machen wir jetzt?«

22

Ricarda sah sie mit großen Augen an. Dann grinste sie über das ganze Gesicht. »Wir lassen es krachen. Aber so richtig! Willst du noch einen Prosecco?«

»Natürlich. Die Nacht ist doch noch jung …«

***

Joost Kramer saß auf der Bettkante. Wenn er genau hinhörte, konnte er den wummernden Bass einer bekannten Melodie durch die Wand vernehmen. Seine Mutter hätte ihm jetzt gesagt, dass es absolute Ruhe nur auf dem Friedhof gab. Zudem war er aus seiner Kindheit einen permanenten Geräuschpegel gewohnt, da seine elterliche Wohnung direkt über ihrer Gaststätte lag. Der Polizist fuhr sich über die kurz geschorenen dunkelblonden Haare. Ohne ausreichend Schlaf konnte er um fünf Uhr in der Früh nicht vernünftig trainieren. Mit eiserner Disziplin hatte er sich in seiner Jugend von einem dicklichen Jungen, der von seinen Mitschülern gemobbt wurde, in einen muskulösen Mann verwandelt, mit dem sich niemand freiwillig anlegte. Seine imposante Erscheinung flößte den meisten Menschen Respekt ein. Seiner Nachbarin leider nicht.

Im Gegensatz zu ihm schien sie das Zentrum des Chaos zu sein. Schon als Kind hatte bei ihm alles seine Ordnung haben müssen. Das Zimmer war immer penibel aufgeräumt gewesen. Er hatte sogar die Buntstifte in der Schublade alle zur Spitze hin ausgerichtet. Gewohnheiten und Regeln waren für Joost wie Rettungsseile, an denen er sich durch seinen Alltag hangelte. Ohne sie fühlte er sich wie ein Fremder in seinem eigenen Leben. Seine Wohnung war wahrscheinlich die einzige Junggesellen-bude Oldenburgs, in der keine leeren Bierflaschen auf dem Couchtisch standen und sich auch keine DVDs von Sex- und Horrorfilmen neben dem Fernseher stapelten.

Joost stand auf. Wenn er noch einmal bei seiner Nachbarin klingelte und sie wegen einer Ruhestörung zurechtwies, würde er sich nur lächerlich machen. Schließlich war sie nicht wirklich laut. Ricarda Albers war einfach nur … *anders*.

Joost seufzte. Sein Vater hatte ihm bei ihrem letzten Telefonat geraten, sich eine Wohnung im Altersheim zu nehmen, wenn er sich durch seine Nachbarin gestört fühlte. Dort würde er durch die Wände aber bestimmt das Schnarchen der Heimbewohner und das elektronische Piepsen der Geräte hören, mit denen ihre Vitalfunktionen überwacht wurden. Im Flur würde er nicht über Fahrräder stolpern, sondern über Rollatoren. Die Vorstellung, wie er diese mit Ketten sicherte, ließ ihn den Kopf schütteln. Vielleicht musste er wirklich etwas lockerer werden. Da er in seinem Ärger ohnehin nicht schlafen konnte, packte er die Sporttasche. Sein Fitnessstudio hatte vierundzwanzig Stunden geöffnet, also konnte er dort auch am späten Abend trainieren. Danach würde er hoffentlich Ruhe haben. Der Polizist nahm den Wohnungsschlüssel von der Kommode und machte sich auf den Weg zu seinem Krafttraining.

Fotoalbum

Oldenburg, September

Steffen Döpker saß in seiner Oldenburger Wohnung auf der Couch und blätterte in dem privaten Fotoalbum, das er wie einen Schatz hütete. Darin befanden sich die Bilder seiner Hochzeit mit Henrike Lammers, Schnappschüsse aus den Flitterwochen auf den Seychellen und natürlich die ersten Aufnahmen der inzwischen vierjährigen Tochter Emilia. Der Hausinspektor des Oldenburgischen Staatstheaters hatte die Fotos, die er auf ihrer Website und in den sozialen Netzwerken gefunden hatte, aus dem Internet auf die Festplatte seines Computers geladen und dort gespeichert. Danach hatte er ihren Ehemann mit einem Bildbearbeitungsprogramm herausgeschnitten und sich selbst eingefügt. Bei den ersten Versuchen hatte er noch mehrere Stunden gebraucht, bis man die überarbeitete Version nur noch mit einem geschulten Auge von einem Originalbild unterscheiden konnte. Inzwischen hatte er so viel Übung darin, dass er dafür nur noch wenige Minuten brauchte.

Steffen nahm ein Bild heraus und legte es vor sich auf den Tisch. Mit dem Zeigefinger fuhr er zärtlich über das Gesicht der Frau, die ihr Kind liebevoll an sich drückte. Auf dem Foto hatte er einen Arm um sie gelegt, auch wenn er in Wirklichkeit nicht bei ihr gewesen war. Aber das würde sich bald ändern.

Er führte das Foto an die Lippen und küsste es. Wenn er ihren Mann aus dem Weg geräumt hatte, würde Henrike nach all den Jahren endlich zu ihm zurückkehren.

Sie wusste es nur noch nicht.

Gedankenverloren legte Steffen das Bild in die Textausgabe des Dramas *Romeo und Julia* von William Shakespeare, die vor ihm auf dem Couchtisch lag, und stellte es in sein Regal zurück.

Elf Jahre waren seit ihrer letzten gemeinsamen Aufführung vergangen, doch er kannte den Text des Romeos noch immer auswendig. In den wöchentlichen Proben, die er auf einer extra dafür gebauten Bühne abhielt, hatte er seine Rolle inzwischen perfektioniert. Er zweifelte keinesfalls daran, dass Henrike und er eines Tages wieder zusammen auf den Brettern, die für einen Schauspieler die Welt bedeuteten, stehen würden.

In den letzten Jahren war er oft in München gewesen. Dort hatte er Henrike bei den Vorstellungen im Residenztheater beobachtet und sie als Schatten in ihrem Alltag begleitet. Einmal war er ihr sogar bis zum Kindergarten gefolgt. Bei seinem letzten Besuch in der bayrischen Landeshauptstadt hatte er in der Kaufinger Straße vor einem Schaufenster so dicht hinter ihr gestanden, dass sie seinen Atem in ihrem Nacken gespürt haben musste. Als sie ihn in der Fensterscheibe wie in einem Spiegel gesehen und sich zu ihm umgedreht hatte, war er sofort verschwunden. Aber nun war die Zeit des Versteckspiels vorbei.

Steffen ging zum Fenster und sah hinaus. Bleiches Mondlicht fiel in den kleinen, vollkommen verwilderten Garten. Über die Terrasse gelangte er in den Carport, in dem der alte VW Passat stand. Diese Wohnung nutzte er vor allem während der Arbeitstage. Die Wochenenden und Urlaube verbrachte er meistens auf dem nicht mehr bewirtschafteten Bauernhof in der Nähe der ostfriesischen Stadt Norden. Das renovierungs-bedürftige Anwesen gehörte seiner Mutter, die seit knapp drei Jahren in einem Pflegeheim lebte.

In der dortigen Scheune hatte er sich seine private Bühne gebaut. Weil die Kollegen und sein einziger Freund Timo Rüdebusch nur die Oldenburger Adresse kannten, konnte er dort alles für Henrikes Rückkehr vorbereiten, ohne dass jemand misstrauisch wurde. Von ihrem Engagement am Staatstheater hatte er schon vor einigen Wochen erfahren, denn nach ihrer Verpflichtung redeten die Schauspieler kaum noch über etwas anderes.

Lächelnd ging Steffen zum Tisch zurück und warf einen letzten Blick in sein Fotoalbum. Nachdem er es wieder in einer Schublade seines Schlafzimmerschrankes unter seiner Unter-wäsche versteckt hatte, schlüpfte er unter die Bettdecke.

Als er am nächsten Morgen zum Theater kam, waren die meisten Mitarbeiter bereits dort. Keiner von ihnen wollte die Ankunft der berühmten Henrike Sattler, wie sie nach der Hochzeit hieß, verpassen. Sie betrat das Gebäude zur Probenzeit, wie alle anderen auch, durch den Hintereingang und wurde von einem großen Teil der Belegschaft mit Applaus empfangen. Steffen hielt sich an diesem Vormittag im Hintergrund. Wenn sein großer Auftritt gekommen war, würde er auf die Bühne ihres Lebens zurückkehren.

**

In den nächsten Tagen folgte er Henrike heimlich. Wenn die Schauspieler auf der Bühne im Großen Haus probten, stand er im dritten Zuschauerring. Von dort aus konnte er sie beobachten, ohne dass sie ihn sah. In den Pausen zog er sich in sein kleines Büro zurück, da sie in der freien Zeit fast immer von ihrer Freundin begleitet wurde, mit der sie damals zusammengewohnt hatte. Steffen konnte sich sogar noch an ihren Namen erinnern. Den Informationen nach machte Ricarda Albers eine Fotoserie für die Nordwest-Zeitung. Wenn sie mit ihrer Kamera wie mit einer gezogenen Waffe durch das Theater schlich, achtete er darauf, ihr nicht vor die Linse zu laufen.

»W-w-was ist m-mit dir l-los?«

Steffen hatte sich so sehr auf die letzte Szene im dritten Akt konzentriert, dass er seinen Kollegen Timo Rüdebusch, der nun im dritten Zuschauerrang neben ihn trat, nicht gehört hatte.

»Halt die Klappe!«, zischte er ihm zu und legte einen Finger auf die Lippen, während er mit einer Kopfbewegung Richtung Bühne deutete. Nach dem Ende des Stücks ergriff Steffen seinen Arm und zog ihn auf den Gang. »Was machst du eigentlich hier? Hast du in der Werkstatt nichts zu tun?«

»D-doch!«

»Dann solltest du schnellstens wieder an deine Arbeit gehen.«

»Ich w-w-will s-s-s-ie auch s-s-ehen. Sie i-i-ist eine t-tolle F-frau. Die w-würde ich g-g-gerne m-mal …«

»Du glaubst doch nicht ernsthaft, dass Henrike Sattler dich auch nur ansieht.«

Timo sah betreten zu Boden. »Ich b-b-bin …«

»… einfach nicht ihr Typ! Komm, gehen wir nach unten.«

Über die Treppen gelangten sie ins Erdgeschoss und schlugen den Weg zur Kantine ein, als ihnen Henrike entgegenkam. Timo strahlte über das ganze Gesicht, wie ein Kind, das unter dem Weihnachtsbaum ein tolles Geschenk entdeckt hat.

»M-m-mo-i-n!«

»Moin!« Sie streckte die Hand aus und begrüßte ihn herzlich. »Ich bin Henrike Sattler.«

Timo sah sie einen Moment lang verwirrt an. Seine Lippen bebten, aber als die Worte einfach nicht aus seinem Mund kamen, nickte er ihr kurz zu, bevor er sich an ihr vorbeidrängte. Die Schauspielerin sah ihm nach.

»Was ist mit ihm?«

Diese Frage richtete Henrike an Steffen, der sich gleich für seine Unvorsichtigkeit verfluchte. Er hatte erst in einigen Tagen ein scheinbar zufälliges Treffen arrangieren wollen. Zum Glück hatte er ihre erste Begegnung gedanklich so oft durchgespielt, dass er nun improvisieren konnte.

»Wenn Timo aufgeregt ist, bringt er keinen Ton heraus. Er ist ein großer Fan von dir.«

»Das freut mich. Was ist mit dir?«

»Du willst wissen, ob ich ein Fan bin?«

Henrike lachte. »Das meinte ich nicht. Ich möchte wissen, wie es dir geht. Wir haben uns lange nicht gesehen.«

›Das stimmt nicht!‹, hätte Steffen am liebsten geantwortet. Stattdessen sagte er: »Mir kommt es wie eine Ewigkeit vor. Ich habe von deinem Erfolg in München gehört. Dazu gratuliere ich dir.«

»Die Zeitungen übertreiben immer maßlos.«

»Das denke ich nicht. Du bist eine begabte Schauspielerin und …«

»Hier bist du! Ich habe dich überall gesucht.«

Ricarda Albers kam zu ihnen und bevor Steffen reagieren konnte, hatte sie schon eine Aufnahme von Henrike und ihm gemacht.

»Ich habe die Probe vor der Pause verlassen, weil ich mir in der Kantine etwas zu trinken holen wollte«, erklärte Henrike ihrer

Freundin und deutete auf ihn. »Auf dem Weg dorthin habe ich Steffen getroffen. Erinnerst du dich noch an ihn?«

»Selbstverständlich. Ich werde unsere letzte Begegnung niemals vergessen.«

Bei diesen Worten bedachte Ricarda ihn mit einem kalten Blick. »Ich mache mich dann mal an die Arbeit. War nett, dich wiedergesehen zu haben«, sagte Steffen betont lässig und winkte Henrike zu. Dann drehte er sich um.

»Wollen wir demnächst mal einen Kaffee zusammen trinken?«

Überrascht sah er Henrike an. Steffen hatte nicht erwartet, dass sie es ihm so leicht machen würde.

»Klar. Warum nicht. Du musst mich nur ausrufen lassen.« Bei dieser Bemerkung deutete er auf seinen grauen Arbeitskittel, auf dem der Schriftzug »Hausinspektor« aufgenäht war.

»Ich werde dich schon finden. Jetzt muss ich leider weiter. Die Pflicht ruft.«

Henrikes Lächeln war seltsam schief, als sie ihm die Hand zur Verabschiedung reichte.

»Ich bin sicher, dass du das Publikum bei der ersten Aufführung begeistern wirst.«

»Das hoffe ich. Wir sehen uns.«

Die Schauspielerin sah Steffen noch einmal an. Dann eilte sie Ricarda nach, die sich bereits auf den Weg zur Kantine gemacht hatte.

»Willst du hier Wurzeln schlagen?«

Eine Kollegin aus dem Gästeservice drängte sich an ihm vorbei. Steffen schüttelte den Kopf. Er hatte das Gefühl, aus tiefem Schlaf erwacht zu sein. Grinsend ging er weiter. Heute war kein weiterer bedeutungsloser Tag, sondern der Beginn eines neuen Lebens.

***

Während Steffen sich auf eine gemeinsame Zukunft mit Henrike freute, schleifte Timo in der hausinternen Schreinerwerkstatt ein Brett, das für den Bühnenaufbau der neuen Inszenierung von

Romeo und Julia benötigt wurde. Gedanklich war er aber nicht bei der Arbeit, sondern bei der Begegnung mit der Schauspielerin. Er hatte ihr noch so viel sagen wollen!

Aber wie so oft waren die Worte, die eigentlich eine Brücke zu anderen Menschen sein sollten, nur weitere Steine für den Kerker seiner Einsamkeit gewesen. Statt Henrike Sattler zu sagen, wie sehr er sie bewunderte, hatte er sich bis auf die Knochen blamiert. Was sollte sie nur von einem Mann halten, der mit den Buchstaben kämpfte? Bevor sie zu allem Überfluss noch bemerkte, dass er nicht der hellste Stern am Himmel war, wie sein Bruder immer zu sagen pflegte, war er lieber verschwunden.

Zudem war er sauer auf Steffen, weil dieser ihn wegen seiner Schwärmerei für die Schauspielerin verspottet hatte. Als ob er nicht selbst wüsste, dass sich eine Frau wie Henrike niemals für ihn interessieren würde. Manchmal konnte der Hausinspektor richtig gemein sein.

Timo musste sich sehr beherrschen, um das Brett nicht in einem Wutanfall in die Ecke zu werfen. Dabei war Steffen der einzige Freund, den er im Theater hatte. Im Gegensatz zu den meisten Kollegen schien ihn seine Stotterei nicht zu stören.

Meistens jedenfalls.

Heute war aber nicht … *meistens*.

Timo kämpfte mit den Tränen. Wenn ihn sein Chef heulen sah, würde er sich wieder lustig machen. Da er für diesen Tag genug Demütigungen ertragen hatte, riss er sich zusammen und bearbeitete das Holz so lange, bis es vollkommen glatt war. Schließlich wollte er nicht, dass sich Henrike bei einem Auftritt an den Kulissen verletzte.

Generalprobe

Oldenburg, September

In den vier Tagen bis zur Generalprobe schlief Steffen so gut wie gar nicht mehr. Wenn Henrike das Theater verließ, folgte er ihr wie ein Schatten. Als er sah, wie sie vor dem Hotel von ihrem Ehemann mit einem Kuss begrüßt wurde, ballte er die Hände so fest zu Fäusten, dass seine Knöchel weiß hervortraten. Ursprünglich hatte er seinen Widersacher umbringen wollen. Da der Mord an einem Münchner Filmstar aber bestimmt für Aufsehen sorgen würde, hatte er sich einen perfiden Plan ausgedacht, mit dem er Dennis Sattler aus dem Weg räumen konnte, ohne dass der Verdacht jemals auf ihn fallen würde. Am Abend vor der Premiere ließ er seinen Widersacher daher nicht aus den Augen. Während Henrike bei der Generalprobe war, vertrieb dieser sich die Zeit mit einem Bummel durch die Oldenburger Fußgängerzone. Nach dem Abendessen in einem Steakhaus ging er zum Schlosspark und spazierte Richtung Teepavillon. Als es zu regnen begann, kehrte er um und machte sich auf den Heimweg. Die Joggerin, die ihm entgegenkam, schien er nicht zu bemerken. Steffen hingegen ließ die junge Frau nicht aus den Augen.

Als sie kurz stehen blieb, um ihren MP3-Player, den sie in einer Manschette am Oberarm trug, vor dem Schauer in Sicherheit zu bringen, vergewisserte sich Steffen mit einem raschen Blick, dass ihm niemand zusah. Dann zog er sich die dünnen Lederhandschuhe, die ein Gast im letzten Winter im Theater vergessen hatte, über. Die Läuferin hatte das technische Gerät gerade in der Jackentasche verstaut, als er zu ihr trat. Überrascht blickte sie ihn an.

Bevor sie reagieren konnte, hatte Steffen sie bereits zu Boden gerissen und ihr mit beiden Händen die Kehle zugedrückt. In ihrer Todesangst bäumte sie sich auf und schlug nach ihrem Angreifer, ohne ihn jedoch richtig zu treffen. Gerade drückte er fester zu, da ließ ihn ein plötzlicher Schmerz zurückzucken. Für einen Sekundenbruchteil lockerte Steffen seinen Griff und betrachtete

31

den Schlüsselbund in ihrer Hand. Sie musste ihn aus der Jackentasche gezogen haben. Die Joggerin nutzte den Moment seiner Unachtsamkeit und holte mit der provisorischen Waffe zu einem erneuten Schlag aus. Steffen drehte den Kopf im letzten Moment zur Seite. Doch auch wenn er damit einen weiteren Treffer verhindern konnte, rissen ihm die Zähne eines Schlüssels die Haut auf der rechten Wange auf. Blut lief aus der Wunde. Wütend verstärkte er den Druck auf ihre Kehle wieder. Steffen ließ ihren Hals erst dann los, als er sicher war, dass sein Opfer nie wieder aufstehen würde.

Keuchend richtete er sich auf und sah sich um. In dem inzwischen strömenden Regen konnte er kaum die Hand vor Augen sehen. Einen Moment lang stand er unschlüssig neben der Leiche. Dann zog er ein Taschentuch aus seiner Hosentasche. Damit kniete er sich neben die Tote und fuhr ihr mehrmals über das Gesicht. Nachdem er der Joggerin auch einige Haare ausgerissen hatte, faltete er das feuchte Tuch zusammen und steckte es in seine Jacke. Nach kurzer Überlegung nahm er ihr den Schlüsselbund aus der Hand und steckte ihn ebenfalls ein. Dann verschwand er.

In seiner Wohnung nahm er das Taschentuch aus der Jacke und legte es auf die Kommode. Die nassen Klamotten zog er aus, stopfte sie in seine Waschmaschine und stellte diese sofort an. Nach einer heißen Dusche reinigte er den Schlüssel und holte sein privates Fotoalbum aus der Schublade. Voller Vorfreude betrachtete er die Bilder. Bald schon würde er seinen Traum von einem Leben mit Henrike verwirklichen. Sehr bald schon.

32

Premiere

Oldenburg, September

Der Mord an der zwanzigjährigen Joggerin Marina Testner war am Tag der Premiere das beherrschende Thema in Oldenburg. Die grausame Tat hatte es als Schlagzeile auf die Titelseite der Nordwest-Zeitung geschafft. In dem Bericht versprach ein Polizist namens Joost Kramer der beunruhigten Bevölkerung, alles Menschenmögliche zur Ergreifung des Täters zu unternehmen.

»Hast d-du … g-g-gelesen?« Timo kam in Steffens Dienstzimmer und deutete auf die Zeitung, die aufgeschlagen auf dem Schreibtisch lag.

»Meinst du die Tote im Schlosspark?«

Der Bühnenhandwerker nickte.

»Schlimme Sache.« Steffen machte ein teilnahmsvolles Gesicht. »Hoffentlich kann die Polizei den Mörder bald überführen.«

»Was hast d-d-du denn a-auf der W-wange?« Timo deutete auf die verkrustete Stelle in Steffens Gesicht.

»Ich habe mich gestern beim Rasieren geschnitten. Warum verschwindest du nicht einfach und kümmerst dich um deine Arbeit?«

Timo sah Steffen einen Moment verdutzt an. Dann drehte er sich um und ging. Der Hausinspektor sah ihm nach. Der Schwachkopf hatte die Angewohnheit, immer im falschen Moment aufzutauchen. Nachdem er die Tür hinter ihm verschlossen hatte, strich er mit den Fingern vorsichtig über seine Verletzung. Hoffentlich verheilte die Wunde bald. Nachdenklich nahm er den Schlüsselbund aus der Hosentasche und betrachtete ihn.

Das gute Stück war in dem Zeitungsartikel erwähnt worden. Da die Polizisten das Fahrrad der Ermordeten mit einem Sicherheitsbügel verschlossen vorgefunden hatten, suchten sie nun nach einem Schlüsselbund, an dem sich nach Auskunft ihres Bruders auch der Hausschlüssel befinden musste. Im ersten Moment hatte Steffen ihn heute Morgen daher in die Hunte werfen wollen. Weil er mit dem Beweisstück aber jederzeit eine falsche Fährte legen konnte, verstaute er den Schlüsselbund nun in einer Schublade seines Schreibtisches, in der seit vielen Jahren alle Reserveschlüssel des Theaters aufbewahrt wurden. Unter den anderen Schlüsseln würde das Beweisstück nicht weiter auffallen. Steffen vermutete, dass die meisten Schlüssel ohnehin zu keinem Schloss mehr passten, da viele Türen heute mit elektronischen Transpondern geöffnet werden mussten. Wahrscheinlich hatte sein Vorgänger, von dem er die volle Schublade übernommen hatte, dort auch einfach alle Schlüssel aufbewahrt, für die er keine Verwendung hatte.

An diesem Tag war Steffen so gut gelaunt wie schon lange nicht mehr.

Seltsamerweise belastete ihn die kaltblütige Tat in keiner Weise. Die ermordete Frau war für ihn nur ein weiteres Puzzleteil für ein gemeinsames Leben mit Henrike. Für seine große Liebe würde er alles tun.

Bis zum frühen Abend wurden die Gespräche über die tote Joggerin immer mehr von der bevorstehenden Premiere abgelöst. Nachdem die ersten Gäste das Theater betreten hatten, legte sich eine erwartungsvolle Anspannung auf die Anwesenden.

Henrike wurde bei ihrem Erscheinen von der Fotografin und ihrem Mann begleitet. Als sie sich auf den Weg zu ihren Kollegen machte, gab der Münchner seinen Mantel an der Garderobe ab und ging über die große Treppe in das Foyer. Dort wurde er von einer Mitarbeiterin mit einem Glas Champagner empfangen. Der Rummel um den bekannten Schauspieler kam Steffen sehr gelegen, denn für sein Vorhaben konnte er keine Zeugen brauchen.

Bis zum Beginn der Vorstellung hielt er sich daher im Hintergrund. Nachdem die Schließerinnen die Türen des großen Hauses geschlossen hatten, steckte er das Taschentuch, mit dem er der Leiche gestern über das Gesicht gewischt und einige Haare ausgerissen hatte, ein und machte sich damit auf den Weg zur Garderobe.

Da er die Angestellte beim Einhängen von Dennis Sattlers Mantel genau beobachtet hatte, wusste er, dass dieser am Haken mit der Nummer 236 hing. Die Mitarbeiterinnen standen nach dem Einlass zusammen und redeten aufgeregt miteinander, während er sich unbemerkt zwischen die Kleidungsstücke drängte.

Bei dem Mantel seines Rivalen blieb er stehen und holte das Taschentuch heraus. Wenige Sekunden später hatte er die Haare und, so hoffte er zumindest, auch einige Hautpartikel auf dem Kragen verteilt. Als er sich zum Gehen wandte, hörte er das Klicken eines Fotoapparates.

Steffen schirmte das Gesicht mit der Hand ab und verschwand schleunigst. Sollte er gesehen worden sein, würde er einfach behaupten, lockere Haken festgeschraubt zu haben, bevor sie mitsamt der Kleidung zu Boden fielen. Eiligen Schrittes kehrte er zu seinem Arbeitsplatz zurück. Dort stopfte er das Beweisstück mit den DNA-Spuren in einen leeren Joghurtbecher, den er wiederum in einer Plastiktüte verstaute. Diese würde er auf dem Heimweg in einem öffentlichen Mülleimer entsorgen. Wenn alles nach seinem Plan verlief, würden die Beamten nicht einmal danach suchen, da sie den Mörder von Marina Testner bereits verhaftet hatten.

***

Nach dem Ende des Schauspiels brandete nicht enden wollender Applaus auf. Dabei wäre die Vorstellung beinahe ausgefallen, da bei der Generalprobe festgestellt wurde, dass das Kostüm der Julia aus dem Kleiderfundus verschwunden war. Die Aufführung war nur dem unermüdlichen Einsatz der Schneiderinnen, die noch in der Nacht ein neues Gewand angefertigt hatten, zu verdanken.

Henrike hatte das Oldenburger Publikum an diesem Abend verzaubert wie keine andere Schauspielerin vor ihr. Es gab kaum ein Auge, das bei ihrem Freitod trocken geblieben war.

Die Türen wurden geöffnet und das Publikum strömte ins Foyer. Wenig später war das Theater von Stimmengewirr und fröhlichem Gelächter erfüllt. Einige Gäste nutzten die Gelegenheit zu einem kurzen Gespräch mit Dennis Sattler.

Ricarda Albers machte allein bis zum Eintreffen der Schauspieler, die sich nach der Aufführung in der Garderobe abgeschminkt und umgezogen hatten, unzählige Bilder. Als Henrike in Begleitung ihrer Kollegen das Foyer betrat, wurden die Darsteller mit lautem Beifall empfangen, der erst verebbte, als der Intendant um Ruhe bat. Nach einer kurzen Rede, in der er sich bei den Schauspielern und allen Mitwirkenden bedankte, mischten sich die Akteure unter die Gäste. Um Henrike bildete sich sofort eine Menschtraube. Jeder schien ihr persönlich zu der Aufführung gratulieren zu wollen. Ricarda knipste im Sekundentakt. Selbst wenn sie nur einen Bruchteil der Aufnahmen verwenden wollte, würde die Nordwest-Zeitung eine fingerdicke Sonderausgabe drucken müssen.

»Du warst super«, raunte sie ihrer Freundin in einem unbeobachteten Moment ins Ohr.

»Es ist ein tolles Gefühl, wieder in Oldenburg zu sein.« Henrike ergriff Ricardas Hand und drückte sie kurz. »Ohne dich wäre es hier nur halb so schön.«

In den nächsten Stunden schüttelte Henrike unzählige Hände und posierte für einige Selfies. Spät in der Nacht legte Dennis den Arm um seine Frau und zog sie an sich.

»Ich habe dich lange nicht mehr so glücklich erlebt. Nach deinen Auftritten in München hast du nie eine so ansteckende Fröhlichkeit ausgestrahlt. Was ist mit dir los?«

Henrike lächelte ihren Mann an. »Mit dieser Aufführung habe ich meine Vergangenheit endgültig hinter mir gelassen. Wir haben oft darüber gesprochen.«

»Ich weiß, wie schwer dir die Entscheidung gefallen ist, wieder in Oldenburg zu spielen. Ich bin stolz auf dich, dass du diesen Schritt gegangen bist. Das war sehr mutig.«

»Ohne dich hätte ich das niemals geschafft. Deine Liebe hat mir die Kraft dazu gegeben.«

»Ich werde immer an deiner Seite sein«, versprach Dennis mit einem Lächeln, das Henrike sofort erwiderte.

»Wenn du nicht sofort mit dem Süßholzraspeln aufhörst, fange ich noch vor allen Leuten an zu heulen.«

»Du kannst mich nur auf einem einzigen Weg zum Schweigen bringen.« Dennis zwinkerte ihr zu. Henrike lachte, dann küsste sie ihn.

In dieser Nacht fühlte sie sich so leicht wie ein Schmetterling, der viele Jahre in einem verdunkelten Glas gelebt hatte und nun in eine sonnendurchflutete Freiheit flatterte. Vor der Aufführung war Henrike vor Aufregung so schlecht gewesen, dass sie schon befürchtet hatte, sich auf der Bühne übergeben zu müssen. Die letzte Inszenierung hatte sie in Oldenburg schließlich zusammen mit Steffen gespielt. Während des ersten Aktes schien er sie noch wie ein Schatten zu verfolgen. Aber mit jedem Wort verflüchtigte sich die Erinnerung an die schlimme Zeit immer mehr, bis sie schließlich ganz verschwand. Nun war sie wirklich frei.

Henrike ahnte nicht, wie sehr sie sich irrte.

**

Am nächsten Morgen wurde sie von einem Klopfen geweckt. Stöhnend hob sie den Kopf. Nach der Premierenfeier hatte sie mit Ricarda, Dennis und einigen Kollegen noch in der Stadt weitergefeiert. Ihre Freundin hatte wieder einmal die Nacht zum Tag gemacht. Henrike setzte sich im Hotelbett ihrer Suite auf und presste die Handballen an die Schläfen. Aber das linderte die Kopfschmerzen nur wenig. Sie hätte vielleicht besser auf den letzten Cocktail verzichten sollen.

»Ich komme ja schon«, murmelte sie und stand auf. Auf dem Weg durch die Hotelsuite griff Henrike nach dem Morgenmantel, der über der Lehne eines Stuhls hing, und schlüpfte hinein. Dennis schien von dem Klopfen nichts mitbekommen zu haben, denn er schnarchte noch leise.

»Moin. Was ist denn los?«, fragte Henrike, während sie die Tür einen Spaltbreit öffnete. Zu ihrer Verwunderung standen zwei Polizisten davor.

»Sind Sie die Frau von Dennis Sattler?«

Sie nickte mechanisch.

»Mein Name ist Joost Kramer. Das ist mein Kollege Martin Flerker.« Mit diesen Worten deutete er auf den neben ihm stehenden Beamten. »Befindet sich Ihr Mann hier?«

»Was wollen Sie von ihm?«

37

»Wir müssen ihm einige Fragen stellen.«

»Warum das denn? Er hat doch nichts getan.«

»Das werden wir herausfinden. Würden Sie bitte zur Seite gehen, damit wir unsere Arbeit machen können?«

»Aber … Dennis!« Henrike ging ins Schlafzimmer und weckte ihn, während die Polizisten im Wohnraum der Suite warteten.

»Die Polizei ist hier. Was ist passiert?«

»Keine Ahnung.« Müde blinzelnd setzte Dennis sich auf. Seinem Gesichtsausdruck nach hätte er jetzt auch gerne auf den einen oder anderen Drink der letzten Nacht verzichtet. Kurz darauf hatte auch er sich einen Morgenmantel übergezogen und war zu den Beamten gegangen. »Was kann ich für Sie tun?«

»Wo haben Sie sich vorgestern zwischen achtzehn und einundzwanzig Uhr aufgehalten?«, wollte der Polizist wissen, der sich als Joost Kramer vorgestellt hatte.

Dennis kratzte sich am Kopf. »Ich habe etwas gegessen und dann einen Spaziergang zum Schlossgarten gemacht. Als es zu regnen begann, bin ich ins Hotel zurückgegangen und habe gelesen.«

»Kann das jemand bezeugen?«

»Henrike war bei der Generalprobe. Ich war allein, aber … warum wollen Sie das eigentlich alles wissen?«

»Sie wurden im Stadtpark gesehen.«

»Ich habe Ihnen doch gesagt, dass ich dort einen Spaziergang gemacht habe.«

»Ein Zeuge hat beobachtet, wie Sie Marina Testner ermordet haben.«

Dennis hob die Augenbrauen. »Was? Das ist doch lächerlich!«

»Würden Sie uns bitte auf das Polizeirevier begleiten?«

»Ich will sofort mit meinem Anwalt sprechen.«

»Was soll der Blödsinn?«, mischte sich Henrike ein. »Dennis ist doch kein … *Mörder.*« Das letzte Wort schmerzte beim Sprechen so sehr, als würden die Buchstaben aus Glasscherben bestehen.

»Zunächst einmal ist er dringend tatverdächtig. Wo ist Ihr Mantel?« Mit dieser Frage wandte sich Martin Flerker an den Schauspieler.

»Er hängt an der Garderobe.«

»Sind das Ihre Schuhe?« Er deutete auf die Lederschuhe, die unter dem Mantel standen. Dennis nickte.

»Die habe ich in der letzten Nacht bei der Premiere getragen. Meine Straßenschuhe stehen da vorne.« Der Münchner deutete auf ein paar bequeme Sneakers, die neben der Zimmertür standen.

»Wir werden Mantel und Schuhe zur Spurensicherung mitnehmen.«

»Das kann doch nur ein Irrtum sein!«

»Sie verstehen hoffentlich, dass wir jedem Hinweis nachgehen müssen.«

Henrike konnte das alles nicht fassen. »Mein Mann wird nicht ...«

Dennis ging zu ihr und nahm sie in den Arm. »Ich werde sofort Dr. Justin anrufen. Er wird sich um alles kümmern, schließlich ist Franz einer meiner besten Freunde. Da es sich nur um einen Irrtum handeln kann, werde ich selbstverständlich kooperieren. Schließlich habe ich nichts Unrechtes getan.«

»Das weiß ich doch!«

Wenige Minuten später hatte Dennis seinen Anwalt informiert. Nachdem dieser ihm versprochen hatte, sich sofort um seine Angelegenheit zu kümmern, beendete er das Telefonat und wandte sich an die Polizisten.

»Darf ich mir noch etwas anziehen?«

Kurz darauf verabschiedete sich Dennis Sattler von seiner Frau.

∗∗∗

»Das ist ein einziger Albtraum. Kneifst du mich bitte, damit ich endlich aufwache?«

Zwei Wochen später sah Henrike ihre Freundin Ricarda in deren Wohnung flehentlich an. In den letzten Tagen war die Schauspielerin sprichwörtlich durch die Hölle gegangen. Nach der Verhaftung ihres Mannes hatte sie weitergemacht wie bisher. Aber die Arbeit lenkte sie nicht wie erhofft von ihren düsteren Gedanken ab.

Steffen verhielt sich ihr gegenüber sehr rücksichtsvoll. Wenn sie sich in den Gängen oder im Treppenhaus begegneten, erkundigte er sich nach dem Stand der Ermittlungen und ihrem Wohlergehen. Henrike musste sich eingestehen, dass ihre Vorbehalte ihm gegenüber nicht mehr gerechtfertigt waren. Aus dem aufbrausenden jungen Schauspieler von damals war ein zurückhaltender Mann geworden, der sein Leben nach einer gescheiterten Karriere wieder auf die Reihe bekommen hatte. In manchen Momenten schien er fast glücklich zu sein. Statt jahrelang gegen die Dämonen ihrer Vergangenheit anzukämpfen, hätte sie schon viel früher nach Oldenburg zurückkehren sollen!

Da sie noch immer keine Besuchserlaubnis für die Justizvollzugsanstalt Oldenburg bekommen hatte, hatte sie Dennis nach seiner Verhaftung nicht mehr gesehen. Alle Informationen erhielt sie nur über seinen Anwalt Dr. Justin, der inzwischen ebenfalls nach Oldenburg gekommen war, um sich vor Ort um seinen prominentesten Klienten zu kümmern.

Der Mord hatte die Berichterstattung der regionalen Zeitungen in den letzten Tagen beherrscht. Was zunächst wie eine falsche Verdächtigung ausgesehen hatte, wurde mit dem Ergebnis der Spurenanalyse durch das Kriminaltechnische Institut des Landeskriminalamtes Niedersachsen am heutigen Tag bestätigt.

»Die Experten haben Hautpartikel und Haare der Toten auf Dennis' Mantel nachgewiesen. Zudem befanden sich in seinen Schuhsohlen noch winzige Steinchen, die eindeutig den Wegen im Schlosspark zugeordnet werden konnten«, brachte Henrike hervor.

»Dennis hat nie abgestritten, dort gewesen zu sein. Hat man den Schlüsselbund auch bei ihm gefunden?«, wollte Ricarda wissen.

Henrike schüttelte den Kopf. »Die Beamten gehen davon aus, dass er das Beweisstück weggeworfen hat. Nach Meinung seines Anwalts reicht der DNA-Nachweis auf dem Mantel aber für eine Verurteilung. Auch wenn er tief in die juristische Trickkiste greifen wird, macht er Dennis wenig Hoffnung auf einen Freispruch. Die Beweislast ist einfach zu erdrückend.«

»Wer ist denn der geheimnisvolle Zeuge, der die ganze Sache ins Rollen gebracht hat?«

»Das wird aus ermittlungstaktischen Gründen geheim gehalten.«

Ricarda runzelte die Stirn. »Hast du schon mal daran gedacht, dass es sich dabei um einen Unbekannten handeln könnte, der der Polizei einen anonymen Tipp gegeben hat?«

»Warum sollte jemand Dennis mit einer solchen Lüge schaden wollen?«

»Das weiß ich nicht.« Ricarda nahm Henrike in den Arm. Als der Körper ihrer Freundin unter Schluchzern erbebte, drückte sie diese fest an sich. Sie würde die Schauspielerin keinesfalls im Stich lassen! »Wenn Dennis den Mord nicht begangen hat, muss ihn der unbekannte Zeuge entweder mit jemandem verwechselt haben oder er ist ... selbst der Täter«, mutmaßte Ricarda, als ihre Freundin sich etwas beruhigt hatte. »Du meinst, dass jemand Dennis den Mord absichtlich in die Schuhe schieben will?«

»Das wäre zumindest denkbar. Hat er Feinde? Neidische Kollegen oder abservierte Geliebte und ... sorry, das war jetzt nicht sehr taktvoll.«

»Schon gut.« Henrike versuchte sich an einem Lächeln, sah mit dem verheulten Gesicht aber eher aus wie Quasimodo mit Zahnschmerzen. »Vor unserer Ehe hat er schließlich nichts anbrennen lassen. Mit seinen Affären war er immer wieder in den Schlagzeilen der Münchner Boulevardpresse. Aber selbst wenn ihm eine frühere Freundin eins auswischen wollte, verstehe ich nicht, warum sie ihm ausgerechnet in Oldenburg einen Mord anhängen will. Das könnte sie in München doch auch machen.«

»Vielleicht war er einfach nur zur falschen Zeit am falschen Ort.«

»Das ist möglich, aber ... wenn Dennis unschuldig ist, kann er unmöglich Hautpartikel und Haare auf seinem Mantel haben.«

»Wenn sie jemand absichtlich dort platziert hat?«

»Wie soll das denn gehen?«

»Keine Ahnung.« Ricarda schüttelte bedauernd den Kopf. »Ich wünschte wirklich, dass ich dir mehr helfen könnte. So bin ich nur ...«

Henrike ergriff ihre Hand und hielt sie fest. »Du bist mein Rettungsanker. Ohne dich wäre ich längst in den stürmischen Fluten des Schicksals ertrunken.«

41

»Dazu sind Freundinnen nun einmal da. Bevor wir uns jetzt aber selbst bemitleiden, sollten wir besser schlafen gehen.«

»Danke, dass ich bei dir wohnen kann. In der anonymen Hotelsuite wäre ich noch verrückt geworden.«

»Ich freue mich doch über deinen Besuch. Auch wenn er mir unter anderen Umständen deutlich lieber gewesen wäre.«

»Mir auch! Gute Nacht.«

Henrike stand auf, drückte Ricarda noch einmal an sich und ging ins Bad. Wenige Minuten danach legte sie sich auf das Schlafsofa, das Ricarda ihr in ihrem Arbeitszimmer fertig gemacht hatte. Aber auch Stunden später wälzte sie sich noch unruhig auf dem Laken hin und her. Seit Dennis' Verhaftung hatte sie kaum noch geschlafen. Bisher hatte sie bei den Telefonaten Emilia mit ihren Fragen nach Dennis noch vertrösten können. Wie sollte sie ihrer Tochter nur erklären, dass ihr Vater wegen Mordverdachts im Gefängnis saß?

***

Ricarda sah Henrike nach, bis diese die Tür des Zimmers hinter sich geschlossen hatte. Wenn sie sich unbeobachtet fühlte, schlurfte die Schauspielerin mit gesenktem Kopf durch die Wohnung, als würde sie die Last der Welt auf ihren Schultern tragen.

Die Fotografin seufzte. Sie hatte keine Ahnung, wie sie Henrike helfen sollte. Ihre Gedanken drehten sich seit Tagen im Kreis. Sie glaubte nicht daran, dass Dennis ein Zufallsopfer geworden war. Wenn er die Joggerin nicht getötet hatte, musste jemand die Beweise manipuliert haben.

Aber warum sollte ihn ein Unbekannter ausgerechnet in Oldenburg aus dem Weg räumen wollen? Hier war er schließlich lange nicht so bekannt wie in München und … wenn er aber nur ein Mittel zum Zweck war?

Die letzte Frage ließ Ricarda innehalten.

Aus dieser Perspektive hatte sie den Mord noch nie betrachtet.

Sollten die manipulierten Beweismittel Dennis nur aus dem Weg räumen, um Henrike zu schaden? Wurde sie erpresst? Hatte man ihr gedroht? Verheimlichte sie ihr etwas? Jetzt drehten sich ihre Gedanken nicht mehr im Kreis, sondern rasten wie bei einer Achterbahnfahrt.

In Oldenburg gab es niemanden, dem sie eine solche Tat zutrauen würde. Zumindest keinem außer Steffen. Der Kerl war damals schließlich ganz verrückt nach Henrike gewesen. Aber das war lange her und längst verarbeitet ... oder nicht? Auch wenn ihre Freundin in den letzten Tagen immer wieder von seiner Anteilnahme gesprochen hatte, musste er sich deshalb noch lange nicht verändert haben. Schließlich war er ein Schauspieler, der nur in die Rolle des fürsorglichen Kumpels geschlüpft sein konnte.

Wenn er Henrike immer noch liebte, hatte er zumindest ein Motiv. Aber würde er einen Mord begehen, um Dennis aus ihrem Leben zu drängen? Wenn sich hinter der biederen Fassade des Hausinspektors ein eiskalter Killer verbarg, musste sie sofort die Polizei über den Verdacht informieren. Da aber ausgerechnet ihr Nachbar die Untersuchungen leitete, würde sie sich mit einer unbegründeten Vermutung nur lächerlich machen. Auch wenn er sich in den letzten Tagen mit Beschwerden zurückgehalten hatte, würde sie diesen Pedanten niemals um Hilfe bitten!

Entschlossen klappte Ricarda den Laptop auf. Bevor Henrike in ihr Arbeitszimmer eingezogen war, hatte sie ihre technischen Geräte auf den Couchtisch gestellt. In den folgenden Stunden klickte sie sich durch die Fotos, die sie seit Henrikes Ankunft gemacht hatte. Bei einigen Aufnahmen hatte sie das Gefühl, dass sie der Antwort auf ihre Fragen damit zumindest ein Stückchen näher kommen konnte. Aber jedes Mal, wenn die Lösung zum Greifen nah erschien, verflüchtigte sie sich wie Nebel in der aufgehenden Sonne.

Nach Mitternacht fuhr Ricarda die Programme runter, klappte den Laptop zu und ging frustriert zu Bett. Mit dem Gefühl, etwas Wichtiges übersehen zu haben, fiel sie in einen traumlosen Schlaf.

Einladung

Oldenburg, September

»Gibt es etwas Neues von deinem Mann?«
Die Betroffenheitsmiene hatte Steffen Döpker in den letzten Tagen so oft aufgesetzt, dass er sie inzwischen meisterhaft beherrschte. An diesem Morgen hatte er das Treffen mit Henrike vor der Kantine wieder sorgfältig inszeniert. Nach der Verhaftung seines Nebenbuhlers war keine Begegnung zufällig erfolgt. Da Steffen Henrikes Proben und Auftrittszeiten längst auswendig kannte, wusste er genau, wann er ihr im Theater am besten auflauern konnte.
»Leider nein. Die Beweislage ist ... *erdrückend*.«
Auch wenn sie das letzte Wort nur flüsterte, konnte Steffen sie gut verstehen, schließlich wusste er genau, worum es ging. Solange die Hautpartikel und Haare an Dennis' Mantel als Beweismaterial ausreichten, würde er den Schlüsselbund noch in der Schublade lassen. Sollten während des Prozesses Zweifel an der Schuld des Münchners auftauchen, würde er dafür sorgen, dass man das gute Stück fand. Aus Erfahrung wusste der Hausinspektor, dass man niemals alle Trümpfe aus der Hand geben sollte.
»Das tut mir so leid.« Er legte eine Hand auf ihren Unterarm. Zu seiner Freude ließ Henrike diese vertrauliche Geste zu. »Lass mich bitte wissen, wenn ich dir irgendwie helfen kann.«
»Das ist lieb von dir. Ich hätte nie gedacht, dass du so ...«
Henrike verstummte, als suchte sie nach dem richtigen Wort. »... mitfühlend bist«, beendete sie den Satz nach einer kurzen Pause.
»Wenn ich dir bei der Freilassung deines Mannes schon nicht helfen kann, würde ich dich gerne etwas aufmuntern. Was hältst du davon, wenn wir heute Abend zusammen essen und über alte Zeiten quatschen?«
Steffen hielt den Atem an. Er hatte sich diese Einladung lange überlegt. Wenn er damit einen Schritt zu weit gegangen war und sie ablehnte, würde er sich etwas anderes einfallen lassen müssen.

Henrike zögerte.»Ich weiß nicht, ob das eine gute Idee ist. Schließlich sind wir damals im Streit auseinandergegangen.«
»Wir sollten die Vergangenheit endlich hinter uns lassen. Können wir nicht einfach Freunde sein?«
»Das wäre wunderbar.« Zu Steffens Verwunderung lachte sie erleichtert auf.»Kannst du denn inzwischen kochen?«
»Ich werde Nudeln ins Wasser werfen und eine Fertigsoße aufwärmen.«
»Das klingt nach einem richtig guten Essen.«
»Ich kann dir auch noch deinen Lieblingsjoghurt zum Nachtisch kaufen. Himbeergeschmack, richtig?«
»Das ist nicht nötig. Meine Probe ist heute gegen sechs Uhr vorbei. Wenn du dann schon Feierabend hast, komme ich direkt danach zu dir.«
»Das freut mich.«
Nachdem Steffen ihr seine Oldenburger Adresse genannt hatte, verabschiedete er sich unter einem Vorwand. Auf der Treppe grinste er über das ganze Gesicht. Wenn Henrike auf seinen Vorschlag *Können wir nicht einfach Freunde sein?* hereingefallen war, kannte sie ihn noch weniger, als er angenommen hatte. Schließlich hätte sie wissen müssen, dass er niemals ihr Freund sein konnte, sondern nur … ihr Mann.

* * *

Eine Stunde vor dem vereinbarten Treffen verließ er das Theater. Auf dem Heimweg kaufte er in einem Supermarkt neben einer Flasche Rotwein noch Nudeln, Tomatensoße, Salat und einen Himbeerjoghurt.

Gegen Viertel nach sechs nahm er das Smartphone vom Küchentisch und sah auf das Display. Da Henrike das Treffen noch nicht abgesagt hatte, würde sie sich wahrscheinlich nur verspäten. Als es zehn Minuten später an seiner Tür klingelte, atmete er erleichtert auf.

»Entschuldige bitte!«, sagte sie sofort.»Der Regisseur hat bei der Probe wieder einmal kein Ende gefunden und zu allem

Überfluss ist mir dann auch noch der Bus vor der Nase weggefahren.«

Erleichtert registrierte Steffen, dass niemand Henrike zu ihm gebracht und sie sich auch kein Taxi genommen hatte, dessen Fahrer sich später an seine Adresse erinnern konnte. Bei einem öffentlichen Verkehrsmittel konnte er sicher sein, dass niemand wusste, wohin sie nach dem Theater gegangen war. Wenn sie ihrer Freundin oder Kollegen von dem geplanten Besuch bei ihm erzählt hatte, würde er einfach abstreiten, dass sie bei ihm gewesen war.

»Das macht doch nichts. Komm rein!«

Er nahm ihr den Mantel ab, hängte ihn an der Garderobe auf und bat sie ins Wohnzimmer. Dort hatte er den Tisch bereits eingedeckt.

»Mach es dir schon mal bequem. Ich komme gleich mit dem Essen.«

»Kann ich dir dabei helfen?«

»Das ist nicht nötig. Ich bin gleich wieder bei dir.«

»Wie du willst.«

Nachdem Steffen das Zimmer verlassen hatte, sah sich Henrike um. Die Wohnung war mit billigen Möbeln eingerichtet. Mit seinem Gehalt als Hausinspektor kam er wahrscheinlich gerade über die Runden. Im Regal standen die Textausgaben der Theaterstücke, in denen er früher mitgespielt hatte. Bei deren Anblick fühlte sie sich plötzlich schuldig.

Wenn sie den Heiratsantrag damals nicht abgelehnt hätte, wäre die Flasche wahrscheinlich nicht sein bester Freund geworden. Bei der Vorstellung, mit ihm zusammenleben zu müssen, erschauderte sie aber noch immer. Was machte sie eigentlich hier? Ihre Zusage war eine Mischung aus Mitleid und der Angst vor dem Alleinsein gewesen, da Ricarda an diesem Abend unterwegs war. Nach dem Essen würde sie sofort von hier verschwinden.

Mit den Fingern strich Henrike über die Buchrücken. In den meisten Stücken hatte sie auch schon gespielt. Als sie eine zerlesene Ausgabe von Shakespeares Drama *Romeo und Julia* fand, nahm sie diese in die Hand und blätterte darin. Plötzlich rutschte ein Foto zwischen den Seiten hervor und fiel zu Boden. Henrike hob es auf und betrachtete es irritiert. Das Bild war ein Schnappschuss aus dem Sommerurlaub auf den Malediven gewesen, das sie auf ihrer Fanseite bei Facebook hochgeladen hatte. Sie trug Emilia auf dem rechten Arm. Ihre Tochter hatte die dünnen Ärmchen um ihren Hals geschlungen und drückte sich an sie. Dennis stand neben ihr. Gemeinsam grinsten sie in ihr Smartphone, mit dem sie das Selfie gemacht hatte. Warum hatte Steffen das Bild ausgedruckt?

Henrike wollte es schon wieder in das Buch zurückstecken, als ihr Dennis' Gesichtsausdruck auffiel. Er war anders als sonst. Zudem war sein Gesicht blass und nicht so braun gebrannt, wie sie es in Erinnerung hatte. Erst bei genauerer Betrachtung fiel ihr auf, dass es sich dabei nicht um ihren Mann, sondern um … Steffen handelte.

Das konnte doch nur Einbildung sein!

Die letzten Tage waren einfach zu viel gewesen. Wahrscheinlich sah sie inzwischen schon Gespenster. Wenn sie noch einmal einen Blick auf das Bild warf, würde Dennis sie mit diesem charmanten Lächeln ansehen, dem sie einfach nicht widerstehen konnte.

Mit jeder verstreichenden Sekunde, die Henrike das Foto nun genauer betrachtete, schien sie etwas mehr zu erstarren. Steffen musste die Aufnahme mit einem Bildbearbeitungsprogramm verändert haben. Warum hatte er das nur gemacht?

Weil er sie nie vergessen hatte …

Mit zitternden Fingern legte sie das Bild auf den Tisch und fotografierte es mit dem Smartphone ab. Die Aufnahme sendete sie an Ricarda, mit der Bitte, sich sofort bei ihr zu melden. Sie hatte das Mobiltelefon gerade wieder eingesteckt, da kam Steffen in das Wohnzimmer. Als er das Foto auf dem Tisch liegen sah, grinste er diabolisch.

»Gefällt es dir?«

»Warum hast du das getan?« Ihre Stimme zitterte.

»Du kennst den Grund. Ich bin dein Mann.«

»Das ist doch … Wahnsinn!«

»Ich nenne es Liebe. Du gehörst mir!«

Als er einen Schritt auf sie zutrat, wich Henrike so weit vor ihm zurück, bis sie das Regal in ihrem Rücken spürte.

»Dennis ist …«

»… ein Mörder«, beendete Steffen den Satz. »Ich bin sicher, dass er aufgrund der Beweislage schuldig gesprochen wird.«

»Er würde niemals jemandem auch nur ein Haar krümmen. Er ist nicht … *wie du*.« Erschrocken hielt Henrike sich die Hand vor den Mund, als könnte sie die Worte wieder hineinstopfen. Zu ihrer Verwunderung schien Steffen aber nicht wütend zu werden. Im Gegenteil. Das Gespräch schien ihn eher zu amüsieren.

»Das ist richtig. Leider wird niemand seinen Unschuldsbeteuerungen glauben.«

»Hast du …« Die plötzliche Erkenntnis, dass Steffen hinter der grauenvollen Tat steckte, raubte ihr für einen Moment die Luft zum Atmen. »… die Frau getötet und den Mord meinem Mann angehängt?«

Steffens Miene wurde starr. »Ich habe es für uns getan.«

»Es gibt kein *Uns*. Ich will nichts mit dir zu tun haben!« Henrike merkte nicht einmal, dass sie Steffen anschrie.

»Eines Tages wirst du mir dafür dankbar sein.«

»Ich werde lieber sterben, als mit dir zusammenzuleben.«

»Du musst nicht gleich so theatralisch werden.«

»Lass mich sofort gehen!«

Steffen lachte. »Ich werde dich nie wieder gehen lassen. Den Fehler habe ich vor vielen Jahren gemacht und …«

Der Stoß traf ihn vollkommen unvorbereitet. Steffen taumelte drei Schritte zurück. Henrike nutzte den Moment, lief zur Zimmertür, riss sie auf und stürmte in den Flur. Sekundenbruchteile später rüttelte sie verzweifelt an der Wohnungstür.

»Suchst du vielleicht den hier?« Steffen grinste unverschämt, als er in den Flur kam. Zwischen Daumen und Zeigefinger der linken Hand hielt er den Wohnungsschlüssel.

»Her damit!«

»Welchen Teil von ›Du gehörst mir‹ hast du nicht verstanden?«

Henrike verfluchte sich für ihre Dummheit. Sie hätte Steffen niemals in seiner Wohnung besuchen dürfen. Inzwischen zweifelte sie nicht mehr daran, dass er sie eher töten als gehen lassen würde. Wenn sie Dennis retten wollte, musste sie jetzt unbedingt Ruhe bewahren. Schließlich war Steffen der Einzige, der ihren Mann vor einer sicheren Verurteilung bewahren konnte. Vielleicht konnte ihn ihr Flehen erweichen.

»Wenn du mich wirklich liebst, lässt du mich jetzt gehen. Ich werde auch niemandem von deinem Geständnis erzählen.«

Steffen schnaubte. »Für wie bescheuert hältst du mich eigentlich? Du wirst mich jetzt begleiten.«

»Niemals!«

Statt einer Antwort bückte sich Steffen plötzlich. Henrike sah ihn einen Moment irritiert an, und als sie seinen Plan durchschaute, war es bereits zu spät. Mit einem Ruck zog er an dem kleinen Teppich, auf dem sie stand. Sie ruderte wild mit den Armen und ihr entfuhr ein Schrei, als sie nach hinten fiel. Kurz glaubte sie, sich an der Jacke, die an der Garderobe hing, festhalten zu können. Dann rutschte das Kleidungsstück wie in Zeitlupe vom Haken. Als sie mit dem Hinterkopf auf den Fliesen aufschlug, legte sich die Dunkelheit wie ein Tuch über sie. Wie ein Leichentuch.

Gefängniszelle

Justizvollzugsanstalt Oldenburg, September

»Es sieht nicht gut für dich aus.«

Dr. Franz Justin sah seinen Mandanten Dennis Sattler ernst an. Der Anwalt saß ihm in einem gesicherten Besprechungsraum der Justizvollzugsanstalt an der Cloppenburger Straße gegenüber.

»Du musst doch etwas machen können. Die Anschuldigungen sind kompletter Blödsinn«, redete der Schauspieler beschwörend auf ihn ein.

»Solange du keine vernünftige Erklärung für die Haare und Hautpartikel des Opfers auf deinem Kleidungsstück hast, kann ich wenig ausrichten. Die Geschichte von dem Unbekannten, der deinen Mantel getragen oder die Beweismittel dort drapiert hat, ist einfach zu unglaubwürdig.«

»Ich habe diese Frau nicht umgebracht!«, begehrte Dennis auf.

»Das glaube ich dir. Ich kann deine Aussage aber nicht beweisen.«

»Kannst du denn nicht deine Beziehungen spielen lassen? Du bist einer der prominentesten Anwälte mit Verbindungen bis …«

»… in die bayrische Staatskanzlei. Das ist richtig«, unterbrach ihn der Anwalt. »Wir sind hier aber nicht in München, sondern in Oldenburg.«

Dennis seufzte. Die letzten Tage kamen ihm wie ein nicht enden wollender Albtraum vor, aus dem er einfach nicht erwachen konnte.

»Wann kann ich Henrike wiedersehen?«

»Ich habe mich bereits um eine Besuchserlaubnis gekümmert.«

»Kannst du den Genehmigungsprozess nicht beschleunigen?«

Franz schüttelte bedauernd den Kopf. »Die Mühlen der Verwaltung mahlen langsam. Bist du sicher, dass du nicht auf den Deal der Staatsanwaltschaft eingehen willst? Wenn der Richter bei der Urteilsbegründung eine besondere Schwere der Schuld feststellt, wirst du vielleicht für immer im Gefängnis bleiben müssen!«

»Das ist mir klar. Wurde dieser mysteriöse Schlüsselbund inzwischen gefunden? Der könnte mich möglicherweise entlasten.« Auf den Deal ging Dennis gar nicht weiter ein.

»Meines Wissens nicht. Ich glaube allerdings auch nicht, dass die Polizei mit Hochdruck danach fahndet.«

»Warum das denn?« Dennis sah seinen Anwalt erstaunt an.

»Gerüchten zufolge ist der Staatsanwalt ein Karrieretyp, der sich mit deinem Prozess für eine Beförderung zum leitenden Oberstaatsanwalt empfehlen will. Die Verurteilung eines prominenten Killers wird er sich keinesfalls entgehen lassen. Dein Fall sorgt nicht nur in der regionalen Presse für Aufsehen, Dennis. Inzwischen haben sich fast alle bundesweiten Boulevardblätter darauf gestürzt. Bei ihren Recherchen haben die Journalisten einige, sagen wir … pikante Details … aus deinem früheren Leben ausgegraben.«

Dennis seufzte. »Damit meinst du bestimmt die Fotos, auf denen ich mit jüngeren Mädchen im Arm durch die Münchener Nachtklubs ziehe.«

»Inzwischen haben vier von ihnen ausgesagt, dass du ihnen gegenüber gewalttätig geworden bist und sie in deiner Nähe Todesängste ausgestanden haben.«

»Das sind doch Lügen! Die verkaufen der Presse erfundene Geschichten!«

Franz nickte mit ungerührter Miene. »Ich habe bereits Verleumdungsklagen gegen die betreffenden Frauen eingereicht. Aber selbst wenn ich sie damit zum Schweigen bringe, haben sie dir mit den Interviews bereits sehr geschadet.«

»Ich habe mit ihnen doch nur … du weißt schon. Außerdem war das zu einer Zeit, in der ich Henrike noch nicht kannte. Seit unserem ersten Date habe ich keine andere Frau mehr angerührt. Ich würde sie niemals betrügen!«

»Wichtig ist aber nicht, was du getan *hast*, sondern was die Leute *glauben*, das du getan haben könntest. Für die Klatschpresse bist du immer noch ein bayrischer Hallodri, der junge Frauen verführt, um sie dann … lies selbst!«

Der Anwalt öffnete seinen Aktenkoffer und nahm mehrere Tageszeitungen heraus. Nachdem Dennis die reißerischen

51

Berichte überflogen hatte, ließ er die Zeitungen resignierend sinken.

»Ich wusste nicht, dass es so schlimm ist.«

»Für die Öffentlichkeit bist du bereits ein verurteilter Mörder. Die Staatsanwaltschaft wird argumentieren, dass du Henrikes Generalprobe ausgenutzt hast, um in dieser Zeit eine junge Frau zu verführen. Als sie dich abwies, hast du sie erwürgt, um eine Anzeige zu vermeiden.«

»Warum sollte ich mich im Regen an eine Joggerin ranmachen?«

»Ich werde meine Verteidigung auf dieser Frage aufbauen. Aber selbst wenn es mir gelingt, den Richter auf die Absurdität dieser Situation hinzuweisen, werde ich ihn aufgrund der erdrückenden Beweislast bestimmt nicht von deiner Unschuld überzeugen können.«

Dennis fuhr sich über die Stirn. »Dann soll ich deiner Empfehlung nach also einen Mord gestehen, den ich nicht begangen habe?«

»Wenn ich mit der Staatsanwaltschaft hinter verschlossenen Türen über ein Strafmaß verhandeln kann, wirst du das Gefängnis nach einigen Jahren wieder verlassen können.«

»Weißt du, was die härteste Strafe für mich wäre?«

Dr. Justin sah seinen Mandanten irritiert an. »Ich verstehe deine Frage nicht.«

»Dann will ich sie dir erklären.« Dennis lehnte sich vor. »Die Meinung der Öffentlichkeit interessiert mich nicht. Das Einzige, das mir wirklich etwas bedeutet, sind Henrike und meine Tochter. Solange die beiden von meiner Unschuld überzeugt sind, werde ich mich jedem Gerichtsurteil beugen. Wenn ich mich schuldig bekenne, werde ich ihren Glauben an mich erschüttern. Selbst wenn ich ihnen den Grund für mein Handeln erkläre, würden immer Zweifel bleiben. Das darf niemals geschehen! Ich werde mich daher auf keinen schmutzigen Deal einlassen!«

Einen Moment lang sahen die beiden Männer sich fest an. Dann nickte Dr. Justin. »Wie du willst. Ich werde den Staatsanwalt entsprechend informieren. Bei dem Gerichtsverfahren werde ich selbstverständlich alles tun, was in meiner Macht steht.

Allerdings fürchte ich, dass es nicht reichen wird.« Der Anwalt stand auf. »Ich halte dich auf dem Laufenden.«

»Das will ich hoffen.«

Wenige Minuten später saß Dennis wieder auf der Pritsche in seiner Zelle und starrte die gegenüberliegende Wand an. Der Schauspieler hatte keine Ahnung, wie er die Zeit ohne seine Familie durchstehen sollte. Die Trennung von Henrike und Emilia schmerzte schon jetzt wie eine klaffende Wunde. Bisher hatte er die Metapher eines *blutenden Herzens* immer für ein melodramatisches Stilmittel in einem Liebesroman gehalten. Jetzt wusste er es besser.

Tanz mit dem Teufel

Ostfriesland, September

Henrike erwachte mit hämmernden Kopfschmerzen. Ihr Mund war so trocken, als hätte ihn jemand mit Sand ausgerieben, und ihre Glieder schmerzten. Stöhnend öffnete sie die Augen und sah sich um. Sie lag in einem der alten Betten, die sie von Fotografien aus der Nachkriegszeit kannte. Arme und Beine waren mit Stricken an die vier Eckpfosten des Möbelstücks gefesselt. Bis auf ihren Slip war sie nackt. An der rechten Wand stand ein dreitüriger Kleiderschrank, der bestimmt siebzig Jahre alt war.

Im ersten Moment glaubte sie, sich aus unzähligen Spiegeln zu betrachten, die an den Wänden angebracht waren. Aber wie konnte sie gleichzeitig verschiedene Kleidungsstücke tragen und unterschiedliche Frisuren haben? Warum sah sie sich lachen, wenn sie den Mund doch geschlossen hatte? Weshalb konnte sie ihre Tochter nicht spüren, wenn sie diese im Arm hielt?

Weil ... die vermeintlichen Spiegelbilder Fotos von ihr waren, die jemand aus verschiedenen Zeitungen ausgeschnitten haben musste. Die Wände waren beinahe vollständig damit tapeziert!

Das konnte doch nur ein wirrer Traum sein. Wahrscheinlich schlief sie noch. Wenn sie aufwachte, würde sie in ihrem Bett liegen und sich in Dennis' Arme kuscheln. Bei ihm hatte sie jene Geborgenheit gefunden, die Steffen ihr nie hatte geben können.

Steffen!

Die Erinnerungen an ihn schwappten wie eine Welle der Verzweiflung über ihr zusammen. Henrike zwang sich zur Ruhe. Sie durfte jetzt nicht durchdrehen. Vorsichtig zog sie an den Fesseln. Als sie trotz aller Kraftanstrengung Arme und Beine keinen Millimeter bewegen konnte, schrie sie panisch um Hilfe. Nur wenige Sekunden später öffnete sich die Tür des Schlafzimmers. Steffen trat herein und stellte sich an das Fußende des Bettes.

»Schön, dass du wieder aufgewacht bist«, sagte er mit einem teuflischen Lächeln. »Du kannst so laut schreien, wie du willst. Hier wird dich niemand hören.«

54

»Was willst du von mir?«, brachte Henrike hervor.

»Deine Liebe. Ich bin dein Mann. Hast du das etwa schon vergessen?«

»Ich bin mit Dennis verheiratet!«

»Leider wirst du ihn niemals wiedersehen. Ich bin sicher, dass du ihn bald vergessen wirst. Eure Tochter wird bei deinen Schwiegereltern aufwachsen. Sie ist noch so jung, dass sie sich später kaum an ihre Mutter erinnern wird. Aber keine Sorge.« Kalt strichen seine Finger über ihre nackten Beine, ohne dass sie sich vor seinen Berührungen in Sicherheit bringen konnte. »Wir werden eigene Kinder haben.«

»Niemals! Lass mich sofort gehen!«

»Du wirst mich niemals wieder verlassen, hast du das verstanden?« Seine Stimme war so scharf wie eine Rasierklinge.

Hilflos wandte Henrike den Kopf zur Seite. »Wohin hast du mich gebracht?«

»Nachdem du ohnmächtig geworden bist, habe ich dich zu dem alten Bauernhof gefahren, auf dem ich aufgewachsen bin. Er wird schon seit vielen Jahren nicht mehr bewirtschaftet. Meine Mutter hat ihn nach Vaters Tod geerbt.«

»Wo ist sie? Was hast du mit ihr gemacht?«

»Nichts. Ich könnte ihr doch kein Haar krümmen. Sie lebt in einem Seniorenpark in der Stadt Norden und wird uns beim Liebesspiel bestimmt nicht stören.« Steffen zwinkerte ihr zu.

»Eher würde ich mich …«

»… umbringen?« Zu ihrer Verwunderung sah er sie belustigt an.

»Das habe ich bereits für dich erledigt.«

Henrike erstarrte. »Was hast du getan?«

»Ich habe deine Kleidung zusammen mit der Handtasche und dem Handy an den Strand von Norddeich gelegt. Die Polizei wird davon ausgehen, dass du nach Dennis' Verhaftung psychisch zusammengebrochen bist und dich in der Nordsee ertränkt hast.« Steffen nickte, wie um sich selbst zu bestätigen, und begann dann wieder zu lächeln. »Vorher habe ich mir übrigens dein Smartphone angesehen. Das abfotografierte Bild meiner bearbeiteten Aufnahme habe ich natürlich gelöscht. Da du es aber schon an deine Freundin Ricarda weitergeleitet hast, werde ich ihr in Kürze einen Besuch abstatten müssen. Ich bin sicher, dass sie sich danach nicht mehr daran erinnern wird.« Das Lächeln wurde zu einem diabolischen Grinsen.

»Wenn die Polizei einen Selbstmord vermutet, wird niemand nach mir suchen.«

»Das ist richtig. Sollte Dennis das Gefängnis jemals wieder verlassen, wird er ein gebrochener Mann sein, während ich dich glücklich in meinen Armen halte.«

»Du bist doch wahnsinnig!«

»Ist Liebe nicht nur ein anderes Wort für Wahnsinn? Du weißt doch, dass ich verrückt nach dir bin. Trotz meiner Gefühle werde ich dich in den nächsten Wochen aber immer wieder in den Keller sperren müssen, damit ich in Oldenburg meinen Job als Hausinspektor machen kann. Ich möchte doch nicht, dass mich die Polizei verdächtigt. Sollte ich nicht wiederkommen, wirst du jämmerlich sterben. Wie gefällt dir der Gedanke, dass ich deine einzige Rettung bin?«

Statt einer Antwort starrte Henrike ihn nur hasserfüllt an.

»Es ist verständlich, dass dich deine Zukunft sprachlos macht«, fuhr Steffen unbeirrt fort. »Ich kann es kaum noch erwarten, endlich wieder mit dir auf einer Bühne zu stehen. In den letzten Jahren habe ich unentwegt geprobt. Du wirst über meine Fortschritte erstaunt sein. Wenn du mich erst wieder lieben gelernt hast, werden wir der Presse verkünden, dass du dich bei mir vor deinem brutalen Ehemann versteckt hast, um an meiner Seite Ruhe und Frieden zu finden. Bald wird uns die Welt zu Füßen liegen und …«

»Ich werde dich niemals lieben!«, rief Henrike. »Du kannst meinen Körper besitzen. Mein Herz wird aber immer nur Dennis gehören.«

Steffen schien die Worte gar nicht zu hören. »Die Zeit heilt nicht nur alle Wunden, sie wird dich auch die Fehler deiner Vergangenheit erkennen lassen.«

»In meinem Leben habe ich nur einen einzigen Fehler gemacht. Ich hätte mich niemals mit dir einlassen dürfen!«

»Ich kann verstehen, dass du momentan etwas durcheinander bist. Deshalb verzeihe ich dir deine Worte.«

Steffen trat zum Bett und beugte sich über Henrike. Als seine Hände erneut über ihre nackte Haut strichen, erschauderte sie. »Bald schon wirst du dich wieder nach meinen Berührungen sehnen.« Steffen grinste. Dann drehte er sich um und ging. Die Tür fiel mit einem endgültigen Knall ins Schloss. Henrike hörte, wie der Schlüssel gedreht wurde, während sie noch einmal an ihren Fesseln zerrte. Bald gab sie es auf. Wenn sie Dennis und Emilia wiedersehen wollte, musste sie sich schnellstens etwas einfallen lassen. Für ihre Familie würde sie auch mit dem Teufel tanzen.

Schicksalsschlag

Oldenburg, September

Fassungslos starrte Ricarda erneut auf das Bild, das Henrike ihr mit der Bitte, sich sofort bei ihr zu melden, auf das Smartphone geschickt hatte. Beim ersten Blick hatte sie die Fotomontage nicht einmal erkannt. Erst nach genauerer Betrachtung war ihr die Fälschung aufgefallen. Sie vermutete, dass Steffen den Schnappschuss bearbeitet hatte.

»Warum gehst du nicht an dein Handy?«, murmelte die Fotografin vor sich hin, nachdem sie wieder vergeblich versucht hatte, ihre Freundin zu erreichen. Zu ihrem Leidwesen hatte Ricarda die Nachricht erst am späten Abend gesehen, weil sie ihr Mobiltelefon während der Besprechung mit einem neuen Kunden stumm geschaltet hatte. Auf dem Heimweg hatte sie noch gehofft, dass Henrike sie zu Hause erwarten würde. Aber die Schauspielerin schien die Wohnung nach dem gemeinsamen Frühstück nicht mehr betreten zu haben.

Wahrscheinlich erreichte sie Henrike nicht, weil der Akku ihres Handys leer war. Bestimmt würde ihre Freundin gleich die Wohnungstür öffnen und alles erklären.

Auch wenn Ricarda sich einredete, dass alles in Ordnung war, ahnte sie, dass etwas Schreckliches geschehen war.

Nach drei weiteren vergeblichen Anrufen ging Ricarda zu Bett. Das Handy legte sie neben sich auf den Nachttisch. Als sie am nächsten Vormittag erwachte, sah sie sofort in das Arbeitszimmer, in dem Henrike während ihres Besuchs nächtigte. Aber dort erblickte sie nur das gemachte Bett. Ihre Freundin war in dieser Nacht demnach nicht zurückgekehrt.

Hatte sie bei jemand anderem geschlafen? Ricarda versuchte sich Henrike in den Armen eines fremden Mannes vorzustellen, aber es gelang ihr nicht. Die Schauspielerin würde Dennis niemals betrügen. Während der gemeinsamen Zeit mit Steffen war sie auch ihm treu gewesen.

Steffen …

Hatte Henrike ihr vor zwei Tagen nicht erzählt, dass er sich ihr gegenüber ausgesprochen rücksichtsvoll verhielt? Nach Dennis' Verhaftung schien sie im Oldenburgischen Staatstheater öfter mit ihm gesprochen zu haben. Ricarda erinnerte sich außerdem daran, dass Henrike sich über sein Verhalten gefreut hatte, weil sie die Vergangenheit damit endgültig abschließen konnte. War er der Grund, warum sie in dieser Nacht nicht nach Hause gekommen war? Hing ihre Abwesenheit vielleicht mit dem Bild zusammen? Ricarda griff nach ihrem Handy und rief Henrike an. Aber auch jetzt nahm niemand das Telefonat entgegen. Die düstere Vorahnung des Vorabends legte sich nun wie eine unsichtbare Schlinge um ihren Hals, die sich mit jeder Minute immer weiter zuzog. Nachdem Ricarda sich das bearbeitete Foto noch einmal angesehen hatte, fuhr sie ihren Laptop hoch und surfte im Internet. Auf Henrikes Facebook-Seite fand sie das Originalbild. Dort lachte Dennis statt Steffen in die Kamera. Hatte der Hausinspektor das Foto verändert?

Als der Laptop sie mit einem *Pling* auf den Eingang einer neuen Nachricht aufmerksam machte, öffnete sie ihr elektronisches Postfach. Sie hatte die automatisch generierte Mail eines regionalen Onlinedienstes erhalten, der bei besonderen Ereignissen Informationen an alle Abonnenten verschickte. Demnach war im Oldenburger Land etwas geschehen, das eine Eilmeldung rechtfertigte. Wahrscheinlich handelte es sich dabei um einen Unfall auf der A 28 oder einen Raubüberfall an einer Tankstelle.

Ricarda öffnete die Mail mit der Schlagzeile **Freitod in der Nordsee?** und las die Kurznachricht. Nach der Lektüre schien sich die unsichtbare Schlinge um ihren Hals so fest zuzuziehen, dass sie keine Luft mehr bekam. Ricarda zwang sich, den Text noch einmal zu lesen.

In den frühen Morgenstunden wurden Handy und Portemonnaie der Schauspielerin Henrike Sattler neben ihrer Kleidung am Strand von Norddeich gefunden. Nach der Entdeckung eines Spaziergängers hat die örtliche Polizei bereits Ermittlungen aufgenommen. Eine Leiche wurde bisher nicht geborgen.

Personen, die nähere Angaben zu ihrem letzten Aufenthaltsort machen können, werden gebeten, sich unter der Telefonnummer ...

Ricarda klappte den Laptop zu, als könnte sie die grauenvolle Nachricht damit ausblenden. Hatte sich Henrike wirklich umgebracht? Waren die Verhaftung ihres Mannes und die reißerische Berichterstattung in der Presse über seine Frauengeschichten zu viel gewesen? Würde sie ihre Tochter im Stich lassen? Warum war sie für einen Freitod extra nach Norddeich gefahren? Weshalb ...

Das Klingeln riss sie aus ihren Gedanken.

Henrike! Sie war zurück. Nun würde sich alles aufklären! Ricarda sprang auf und lief zur Wohnungstür. Als sie diese aufriss, stand dort aber nicht ihre Freundin, sondern der Nachbar.

»Was ist denn jetzt schon wieder? Habe ich zu laut geatmet?«, fragte sie genervt.

Auf den Kerl konnte sie besonders jetzt gut verzichten.

»Ich bin dienstlich hier.« Erst jetzt bemerkte Ricarda die Uniform und den schräg hinter ihm stehenden zweiten Polizisten. »Das ist mein Kollege Martin Flerker. Die vor Ort ermittelnden Beamten haben das Handy von Henrike Sattler ausgewertet. Dabei haben sie festgestellt, dass die letzten Anrufe von einer Telefonnummer kamen, die in dem Mobiltelefon der Schauspielerin unter Ihrem Namen gespeichert war. Können Sie uns etwas darüber sagen?«

Ricarda nickte. »Seit der Verhaftung ihres Mannes wohnt Henrike bei mir. Als sie gestern Abend nicht nach Hause kam, habe ich mir Sorgen gemacht und sie angerufen. Was ist passiert? Hat sie sich wirklich umgebracht?«

»Das wissen wir nicht.« Joost Kramer schüttelte bedauernd den Kopf. »Da wir am Strand von Norddeich nach Mitternacht ablaufendes Wasser hatten, könnte die Ebbe sie beim Schwimmen auch ins offene Meer gezogen haben. Wissen Sie, warum Frau Sattler nach Norddeich gefahren sein könnte?«

60

»Ich weiß nur, dass …« Auch wenn Ricarda sich mit aller Kraft dagegen wehrte, konnte sie nicht verhindern, dass ihr nun Tränen über die Wangen liefen.»… sie verschwunden … ist.«

Als sie sich mit den Handrücken die feuchte Flut aus den Augen wischte, bemerkte sie den besorgten Blick ihres Nachbarn. Wahrscheinlich hielt er sie jetzt auch noch für eine hysterische Kuh!

»Sie hat mir ein Foto geschickt. Kurz bevor sie …«

»Was ist das für ein Bild?«, unterbrach er sie.

»Ich zeige es Ihnen.«

Ricarda ließ die beiden Polizisten vor der Tür stehen und holte ihr Handy. Als sie damit zurückkehrte und in ihre erwartungsvollen Gesichter sah, bat sie die beiden herein, auch wenn sie sich einmal geschworen hatte, dass Joost Kramer niemals einen Fuß in ihre Wohnung setzen würde. Wenige Augenblicke später saßen die Beamten auf dem Sofa ihres Wohnzimmers und sie reichte ihnen das Handy. Interessiert betrachteten sie die gefälschte Aufnahme.

»Meines Wissens wurde dieses Foto nicht auf dem Smartphone Ihrer Freundin gefunden. Warum hätte sie das Bild löschen sollen, bevor sie in die Nordsee ging?« Joost sah Ricarda mit einem Blick an, in dem sie zu ihrer Verwunderung aufrichtige Anteilnahme erkannte. War das wirklich derselbe Nachbar, der sie seit dem Einzug ständig genervt hatte?

»Das weiß ich doch nicht!«

Ricarda wischte sich weitere Tränen aus den Augen. In ihrem Inneren schien sich eine Schleuse geöffnet zu haben, die unentwegt neue Wassermassen durch die Tränendrüsen pumpte.

»Vielleicht fragen Sie einfach Steffen Döpker. Er hat das Bild gefälscht.«

»Woher wissen Sie das?«

»Er ist doch auf dem Foto! Er wird Henrike niemals verziehen haben, dass sie ihn damals verlassen hat.« Ricardas Lippen bebten. Sie konnte ein weiteres Schluchzen nicht unterdrücken.

»Waren die beiden ein Paar?«, wollte Joost Kramer wissen.

Ricarda nickte, während sie sich die Tränen aus den Augen

wischte. »Wir werden ihn dazu befragen. Wissen Sie, wo wir ihn finden können?«

»Er ist Hausinspektor am Oldenburgischen Staatstheater. Ich weiß nicht, wo er wohnt.«

»Das werden wir schon herausfinden. Danke für Ihre Hilfe.« Joost Kramer und sein Kollege standen auf und gingen zur Tür. Ricarda folgte ihnen. Im Flur drehte sich der Nachbar noch einmal zu ihr um.

»Ich werde alles in meiner Macht Stehende tun, um Ihre Freundin zu finden.« Bei diesen Worten berührte er wie zufällig ihren Arm, als wollte er sie mit dieser Geste trösten. Auch wenn die Berührung nur flüchtig wie der Flügelschlag eines Schmetterlings gewesen war, spürte Ricarda diese so intensiv, als hätte sie sich tief in ihre Haut gebrannt. Als sie ihn irritiert ansah, senkte Joost Kramer den Blick, als hätte er etwas Verbotenes getan. Wenige Momente später schloss Ricarda die Tür hinter den Polizisten. Ohne dass es ihr bewusst wurde, rieb sie sich über die Stelle, an der er sie berührt hatte.

***

Steffen hatte die Polizisten bereits erwartet. Inzwischen hatte er sich für die Nacht von Henrikes Verschwinden ein Alibi besorgt. Nachdem er Timo erzählt hatte, dass er wegen einer Affäre von einem eifersüchtigen Ehemann bedroht wurde, hatte dieser versprochen, für ihn zu lügen. Zum Glück war der Kerl so dämlich wie eine Scheibe Toastbrot.

»Moin. Was kann ich für Sie tun?«

Er empfing die Beamten in der Kantine des Theaters. Nach dem vermeintlichen Freitod einer Schauspielerin war es nicht ungewöhnlich, dass die Polizisten Mitarbeiter und Kollegen befragten.

»Mein Name ist Joost Kramer. Das ist mein Kollege Martin Flerker.« Ein blonder Hüne deutete auf seinen Partner. »Wir würden Sie gerne zum Verschwinden von Frau Sattler befragen.«

»Ich habe keine Geheimnisse. Was wollen Sie denn wissen?« Steffen lächelte die beiden Beamten offen an.

»Wie gut kennen Sie die Schauspielerin?«

»Wir waren vor vielen Jahren zusammen«, erklärte Steffen. »Leider hat sie den Verlust unseres Kindes nicht überwunden. In ihrer Trauer hat sie sich in die Ehe mit Dennis Sattler geflüchtet. Ihre Rückkehr nach Oldenburg hat anscheinend alte Wunden wieder aufgerissen. Nach der Verhaftung ihres Mannes hat sie mich immer wieder im Theater aufgesucht. Zunächst habe ich ihr helfen wollen, aber nachdem sie mir die Aufnahme gezeigt hat …« Steffen machte eine theatralische Pause, bevor er weitersprach: »… habe ich den Kontakt abgebrochen.«

»Was für eine Aufnahme?«, wollte Martin Flerker wissen.

»Sie hat mir voller Stolz ein Foto gezeigt, auf dem sie mich mit einem Bildbearbeitungsprogramm an die Stelle ihres Mannes eingefügt hatte. Anscheinend war sie vollkommen besessen von mir.« Seufzend schüttelte er den Kopf. »Ich mache mir Vorwürfe, dass sie sich etwas angetan haben könnte, nachdem ich sie gestern gebeten hatte, mich endlich in Ruhe zu lassen.«

»Demnach haben Sie Frau Sattler gestern noch gesehen?«

Steffen nickte. »Sie ist mir zu meiner Wohnung gefolgt. Trotzdem hätte ich sie niemals so rabiat behandeln dürfen.«

»Was haben Sie getan?« Der blonde Hüne klebte förmlich an seinen Lippen. Innerlich beglückwünschte sich Steffen zu dieser schauspielerischen Glanzleistung.

»Wie ich bereits sagte, habe ich sie gebeten, mich in Ruhe zu lassen. Als Henrike mir eine Szene gemacht hat, habe ich sie vor die Tür gesetzt. Wenn ich … mehr Verständnis gehabt hätte, wäre sie bestimmt nicht nach Norddeich gefahren. Ich mache mir schreckliche Vorwürfe.«

»Was haben Sie denn gemacht, nachdem Henrike Sattler Ihre Wohnung verlassen hatte?«, hakte Joost Kramer nach.

»Ich habe den Abend mit meinem Freund Timo Rüdebusch verbracht. Wir haben ein paar Bier getrunken und gequatscht.«

»Haben Sie seine Adresse? Wir würden uns gerne mit ihm unterhalten.«

»Das ist kein Problem, er arbeitet in der hausinternen Schreinerei. Soll ich Sie dorthin bringen?«

Joost Kramer schüttelte den Kopf und stand auf. »Das ist nicht nötig, ich kenne mich hier aus. Beim letzten Tag der offenen Tür habe ich mir das Theater angesehen. Bitte halten Sie sich zu unserer Verfügung.«

»Natürlich. Sie wissen ja, wo Sie mich finden.«

Nachdem sich die Polizisten verabschiedet hatten, sah Steffen ihnen grinsend nach. Die Idee, Henrike für das bearbeitete Bild verantwortlich zu machen, war ihm erst während des Gesprächs gekommen. Nun musste die Polizei annehmen, dass sie es aus Scham gelöscht hatte, bevor sie ... für immer verschwunden war. Nun war sie seine Gefangene, mit der er tun und lassen konnte, was immer er wollte ...

**

»Was ... w-wollen ... S-s-sie ... von ... m-mir?«

»Ganz ruhig, Herr Rüdebusch. Wir möchten uns nur etwas mit Ihnen unterhalten.« Mit diesen Worten versuchte Joost Kramer den sichtlich aufgebrachten Timo Rüdebusch zu beruhigen. Nach dem Gespräch mit Steffen Döpker waren er und sein Kollege sofort zur theatereigenen Schreinerei gegangen und hatten dort nach ihm gefragt. Als ihn ein Mitarbeiter bei seiner Tätigkeit unterbrach und auf die Polizisten aufmerksam machte, war er zusammengezuckt, als hätte ihn der Blitz getroffen.

»Ich ... h-hab ... n-nichts ... gemacht.«

»Davon gehen wir auch nicht aus.« Joost versuchte die Situation mit einem Lächeln zu entspannen. »Wir wollen nur wissen, was Sie gestern Abend gemacht haben.«

»D-da ... war ... i-i-ich ...« Timo presste die Lippen so fest aufeinander, als wollte er die Worte in sich einsperren. Im Gegensatz zu Steffen Döpker, der sie mit der starren Miene eines Pokerspielers angesehen hatte, betrachte er sie mit angstverzerrtem Gesicht.

»... b-bei ... Steffen«, beendete er den Satz wenig später.

»Können Sie uns sagen, wann das genau gewesen ist?«

»W-weiß ... nicht.« Timo verstummte und sah die Polizisten hilflos an. In seinem Kopf war ein vollkommenes Chaos.

Krampfhaft versuchte er sich an Steffens Anweisungen zu erinnern. Auch wenn dieser in letzter Zeit manchmal gemein zu ihm gewesen war, wollte er seinen einzigen Freund nicht im Stich lassen. Schon als Kind hatte Timo immer nur versucht, alles richtig zu machen. Aber die Buchstaben verwandelten sich in seinem Mund immer wieder in spitze Steine, über die er beim Sprechen stolperte. Das Stottern hatte ihn nicht nur zu einer Zielscheibe des Spotts gemacht, sondern ließ ihn immer wieder dümmer erscheinen, als er es in Wirklichkeit war. Zu seiner Verwunderung schienen die Beamten aber nichts weiter wissen zu wollen.

»Danke. Das reicht uns erst einmal. Wenn wir noch Fragen haben, kommen wir wieder auf Sie zu.«

»K-K-klar.«

Der blonde Polizist lächelte ihn aufmunternd an und reichte ihm eine Visitenkarte. »Wenn Ihnen noch etwas einfällt, können Sie mich jederzeit anrufen.«

Timo nickte und steckte die Karte ein. Nachdem die Ordnungshüter die Werkstatt verlassen hatten, sah er ihnen noch einen Moment lang nach. Dann machte er sich wieder an die Arbeit, auch wenn er sich an diesem Tag nicht mehr darauf konzentrieren konnte.

***

»Was hältst du von Henrikes Verschwinden?«, fragte Joost Kramer seinen Kollegen auf dem Weg zum Streifenwagen.

»Ich weiß nicht«, entgegnete Martin Flerker. »Nach dem Gespräch mit deiner Nachbarin hätte ich gewettet, dass der Hausinspektor etwas zu verbergen hat. Er wäre schließlich nicht der erste abservierte Liebhaber, der seine Ex aus Rache erledigt. Andererseits ist seine Begründung für das bearbeitete Foto nachvollziehbar. Vielleicht ist Henrike Lammers wirklich nur vor ihrer Vergangenheit geflohen und nach der Verhaftung ihres Mannes innerlich zusammengebrochen. Du weißt doch, wie die Weiber manchmal sind.«

Bei dieser Bemerkung machte er mit dem Zeigefinger kreisende Bewegungen an der Schläfe. Joost nickte, auch wenn er keine Ahnung hatte, wie Frauen sein konnten. Sein Kollege musste schließlich nicht wissen, dass sich seine Erfahrung mit dem weiblichen Geschlecht auf eine kurze Affäre vor drei Jahren beschränkte.

»Zudem hat Döpker ein Alibi«, murmelte er gedankenverloren vor sich hin.

Auch wenn der Theatermitarbeiter mit Henrikes Verschwinden wahrscheinlich nichts zu tun hatte, würde er sich den Kerl mal genauer ansehen, denn zum Ertrinken hätte die Schauspielerin nicht extra nach Norddeich fahren müssen. Wenn sie sich hätte umbringen wollen, hätte sie nur in die Hunte oder den Küstenkanal springen müssen.

Im Gegensatz zu ihm schien Ricarda von Steffens Schuld überzeugt zu sein. Bis zum heutigen Tag hatte er seine Nachbarin noch nie so verletzlich erlebt. Auch wenn sie ihn seit seinem Einzug immer wieder zur Weißglut gebracht hatte, hätte er sie beim Abschied am liebsten in den Arm genommen und ihr versichert, dass alles gut werden würde.

Da er in seinem Job aber nur seinen Verstand und keine sentimentalen Gefühle brauchen konnte, sollte er sich besser auf die Ermittlungsarbeit konzentrieren.

Nach der Rückkehr zur Polizeiwache am Friedhofsweg suchte er nach Hinweisen, die Steffen Döpker mit der Schauspielerin und ihrem Mann in Verbindung brachten. Aber er fand nur ältere Zeitungsberichte, in denen über ihre gemeinsamen Auftritte im Oldenburgischen Staatstheater berichtet wurde. Der Streit mit dem damaligen Intendanten und der anschließende Alkoholabsturz des jetzigen Hausinspektors wurden nur in einem kurzen Artikel erwähnt.

Joost fuhr sich durch die kurz geschorenen Haare. Im Vergleich zu anderen Städten war Oldenburg in den letzten Jahren ein verhältnismäßig ruhiges Pflaster gewesen. Nun musste er sich innerhalb weniger Wochen um eine tote Joggerin und den möglichen Freitod einer bekannten Schauspielerin kümmern, deren Ehemann sich wegen dringenden Tatverdachts in

Untersuchungshaft befand. Den DNA-Spuren auf dem Mantel zufolge konnte nur er der Mörder sein, und das war … *zu einfach.* Sollte der Münchner Marina Testner wirklich getötet haben, würde er ihnen die Beweise doch nicht auf dem Silbertablett servieren!

Der verschwundene Schlüsselbund konnte ihm bei der Aufklärung des Falls bestimmt weiterhelfen, denn wenn die Sportlerin das Beweisstück nicht verloren hatte, konnte es nur der Täter entwendet haben. Aber warum hätte Dennis Sattler den Schlüsselbund mitnehmen sollen? Schließlich war er doch nur ein weiteres Beweisstück, das ihn noch mehr belasten würde. Hatte der anonyme Anrufer vielleicht mehr gesehen, als er in dem Telefonat zugegeben hatte? War er vielleicht sogar der Täter? Hatte er sie absichtlich auf eine falsche Spur gelockt?

Joost suchte sich die Audiodatei des Telefonates aus dem Computersystem heraus und hörte sich die Aufnahme des anonymen Anrufers noch einige Male in Ruhe an. Aber er konnte die möglicherweise verstellte Stimme niemandem zuordnen.

»Was machen Sie denn noch hier? Sie haben doch längst Feierabend!«

Joost fuhr erschrocken zusammen. Er hatte sich so in die Aufnahme vertieft, dass er seinen Vorgesetzen Sebastian Gernbauer nicht gehört hatte.

»Ich sehe mir den Mordfall an der Joggerin noch einmal an. Meines Erachtens gibt es bei dem Fall noch einige Ungereimtheiten.«

»Der Schuldige sitzt doch längst hinter Gittern. Warum verschwenden Sie Ihre wertvolle Zeit mit einem gelösten Fall?«

»Meiner Meinung nach …«

»Wenn ich Ihre Meinung hören will, frage ich Sie danach. Haben Sie mich verstanden?« Joost zuckte bei den Worten wie unter Peitschenhieben zusammen. »Die Beweise gegen Dennis Sattler sind ja wohl eindeutig. Er hatte ein Motiv und kein Alibi.«

»Was für ein Motiv?« Joost sah seinen Chef fragend an.

»Verletzter Stolz«, antwortete dieser prompt. »Wahrscheinlich hat das arme Ding seine eindeutigen Avancen zurückgewiesen. Haben Sie sich die Akte von dem Schnösel denn nicht angesehen?

Die Aussagen seiner früheren Freundinnen sprechen doch für sich!«

»Die Frauen haben ihre Aussagen alle erst nach dem Mord gemacht. Wahrscheinlich wollten Sie die Gunst der Stunde nutzen, um ihre Geschichten meistbietend an die Zeitungen zu verkaufen.«

»Das sind reine Spekulationen.«

»Aber Sie können doch nicht …«

»Wollen Sie mich etwa darüber belehren, was ich tun kann und was nicht?« Der Vorgesetzte baute sich drohend vor Joost auf. Dieser schüttelte den Kopf.

»Natürlich nicht. Bitte entschuldigen Sie.«

»Betrachten Sie den Fall der toten Joggerin als erledigt. Haben Sie das verstanden?«

Joost nickte. »Natürlich. Ich werde mich gleich morgen um die Körperverletzung nach der Kneipenschlägerei in der Wallstraße kümmern.«

»Das ist eine gute Idee. Ich wünsche Ihnen einen schönen Feierabend.«

Ohne ein weiteres Wort drehte sich Sebastian Gernbauer um und verließ das Büro. Joost sah ihm nach. Wahrscheinlich wollte er mit der Einstellung weiterer Ermittlungen im Fall Dennis Sattler dem Staatsanwalt, der die Anklage vertrat, keine Steine in den Weg legen. Schließlich war es ein offenes Geheimnis, dass dieser mit seiner Tochter liiert war.

Joost stand auf und fuhr den Computer runter. Wenn der Chef den Fall für die persönliche Karriere seines zukünftigen Schwiegersohns nutzen wollte, würde er ihm bestimmt nicht im Weg stehen.

Nachforschungen

Oldenburg, September

Während Joost Kramer die Bürotür im Polizeirevier hinter sich schloss, klappte Ricarda Albers den Laptop auf. Nach dem Verschwinden der beiden Polizisten hatte sie vor lauter Verzweiflung die Wohnung aufgeräumt und geputzt, weil sie einfach etwas tun *musste*. Jetzt schien sie nicht nur den Dreck vom Boden, sondern auch die dunklen Schleier der Trauer von ihrer Seele geschrubbt zu haben.

Mit jeder verstreichenden Minute glaubte Ricarda immer weniger an einen Selbstmord, schließlich hatte Henrike mit Dennis das Glück ihres Lebens gefunden. Außerdem liebte sie Emilia über alles. Sie würde ihre Tochter niemals alleinlassen und sie hätte mit allen Mitteln für die Freiheit ihres Mannes gekämpft. Ihre Freundin würde die Familie unter keinen Umständen im Stich lassen!

Inzwischen hatte sie sich das Foto, das Henrike ihr geschickt hatte, noch einmal in Ruhe angesehen. An den bläulichen Rändern erkannte sie, dass ihre Freundin das Bild abfotografiert hatte, wahrscheinlich von einer Tischdecke.

War sie zu diesem Zeitpunkt bei Steffen gewesen?

Wenn ihr ehemaliger Liebhaber Dennis auf dem Schnappschuss ersetzt hatte, wollte er vielleicht seinen Platz einnehmen. Mit der Verhaftung hatte er seinen Nebenbuhler aus dem Weg geräumt.

Sollte sich Steffen noch immer ein Leben mit Henrike erträumen, musste er Dennis zunächst ausschalten. Das hätte er mit einer lebenslangen Gefängnisstrafe erreicht. Hatte er die Joggerin umgebracht und Dennis den Mord angehängt?

Ricarda sah sich die Aufnahmen der letzten Wochen, die sie bereits auf ihren Laptop überspielt hatte, noch einmal an, auch wenn sie nicht wusste, wonach sie suchen sollte.

Jedes Bild, auf dem sie Henrike erkennen konnte, betrachtete sie einen Augenblick länger als die anderen. Auf den Fotos der Premiere sah die Schauspielerin ihren Mann so verliebt an, als würde sie mit ihm für immer im siebten Himmel tanzen wollen.

Dass Steffen auf den Aufnahmen nur selten zu sehen war, irritierte sie nicht. Schließlich war er jetzt der Hausinspektor und kein Schauspieler mehr. Ricarda begutachtete die Fotos der Garderobe und des Gästeservice im Eingangsbereich des Oldenburgischen Staatstheaters und wollte diese zunächst im Schnelldurchlauf durchscrollen. Schließlich gab es kaum etwas Langweiligeres als Jacken und Mäntel, die an einem Haken hingen. Aber als Ricarda einen Schatten zwischen den Kleidungsstücken entdeckte, vergrößerte sie das Bild, bis sie die Konturen von Steffens Gesichts ausmachen konnte. Was machte er während der Premiere an der Garderobe?

Soweit Ricarda von Henrike wusste, war nicht der Hausinspektor, sondern das Garderobenpersonal für die Aufbewahrung der Kleidungsstücke zuständig. Natürlich konnte er dort etwas reparieren, aber das war während einer Vorstellung eher unwahrscheinlich.

Ricarda betrachtete den vergrößerten Bildausschnitt genauer. Als Fotografin wusste sie, dass man manche Aufnahmen eine Weile auf sich wirken lassen musste. Auch wenn dieses Bild kein Kunstwerk war, dessen Sinn sich dem Betrachter erst noch erschließen musste, schien etwas an diesem Foto *falsch* zu sein, ohne dass sie den Grund dafür nennen konnte.

Nach einer Weile zog sie die Vergrößerung in die linke obere Ecke des Desktops und scrollte weiter durch ihre Dateien, bis sie stutzte.

Bei den Aufnahmen, die sie am Tag vor der Premiere gemacht hatte, war Steffen ohne Schramme auf der rechten Wange zu sehen. Demnach musste er sich die Wunde zwischen der Generalprobe und der Aufführung zugezogen haben. Auch wenn es für die Verletzung viele Gründe geben konnte, betrachtete sie diese nun genauer. Bei der verkrusteten Stelle schien es sich nicht um einen Schnitt zu handeln, wie sie zunächst angenommen hatte. Dafür waren die Ränder nicht glatt genug. Die Wunde sah aus, als hätte er sich an einem gezackten Gegenstand die Wange aufgerissen.

Kurz entschlossen fügte sie die Vergrößerung in eine Mail ein und schickte diese an eine befreundete Assistenzärztin, die nach ihrem Studium im Klinikum Oldenburg arbeitete. Wenig später rief sie die Medizinerin an.

»Moin Ricarda, lange nichts von dir gehört«, begrüßte sie ihre Bekannte. »Was hältst du davon, wenn wir uns mal wieder im ›Patio‹ treffen und ein paar Cocktails trinken? Erinnerst du dich noch an unseren letzten Besuch dort?«

Ricarda lachte. »Nur verschwommen. Dafür habe ich den Tag danach nicht vergessen.«

»Das lag bestimmt an den sieben Cocktails, die wir dort getrunken haben. Vielleicht hättest du auf den Chili Tequila zum Schluss besser verzichten sollen.«

»Den habe ich mir doch nur bestellt, weil du dich nicht getraut hast.«

»Bei unseren nächsten Treffen werde ich nicht kneifen. Versprochen.«

»Daran werde ich dich erinnern. Bis dahin brauche ich aber deine Hilfe. Kannst du dir das Foto in der Mail, die ich dir geschickt habe, einmal ansehen?«

»Natürlich. Ich hole mir das Bild auf mein Tablet und … Moment … hier ist es.«

Kurz war es still am anderen Ende der Leitung.

»Kannst du mir sagen, was diese Wunde verursacht hat?«, fragte Ricarda.

»Das ist anhand der Aufnahme nicht einfach. Der Verletzung nach würde ich auf einen gezackten Gegenstand schließen. Möglicherweise eine Feile oder ein Schlüssel. Aber das kann ein Hautarzt besser beurteilen.«

Da horchte Ricarda auf. »Sagtest du Schlüssel?«

»Das ist nur eine Mutmaßung. Wenn du einen genauen Befund willst, kann ich dir den Namen eines Dermatologen geben.«

»Das wird nicht nötig sein. Danke, du hast mir sehr geholfen. Dafür gebe ich dir demnächst deinen ersten Chili Tequila aus.«

»Abgemacht! Warum hast du mir das Foto eigentlich geschickt?«

»Das erzähle ich dir, wenn ich mehr weiß. Mach's gut.«

Ricarda beendete das Gespräch und legte das Handy zur Seite. Nachdenklich betrachtete sie das Bild der Verletzung noch einmal auf ihrem Bildschirm. In einem der Zeitungsberichte über die tote Joggerin hatte sie gelesen, dass das Opfer Linkshänderin gewesen war. Da Steffen die Verletzung an der rechten Wange hatte, konnte er sich diese bei einem Kampf mit ihr zugezogen haben. Wenn Marina Testner den Schlüsselbund als Waffe eingesetzt hatte, würden sich darauf mit Sicherheit Blutspuren des Täters befinden. Wahrscheinlich hatte er ihn weggeworfen, damit man es nicht als Beweismittel gegen ihn verwenden konnte und ... *nichts weiter*.

Bestimmt ging wieder einmal die Fantasie mit ihr durch. Das Leben war schließlich kein Kriminalroman und sie keine Detektivin, die alle Fälle im Handumdrehen löste. Im echten Leben waren die bösen Jungs ein Fall für die Polizei. Einem ersten Impuls folgend wollte sie ihren Nachbarn einweihen. Bevor sie sich aber mit ihren Hirngespinsten bei ihm lächerlich machte, würde sie sich noch einige Informationen besorgen. Dank ihrer Arbeit im Staatstheater wusste sie, dass Steffen mit einem Kollegen namens Timo Rüdebusch aus der hausinternen Schreinerei befreundet war. Vielleicht erfuhr sie von ihm etwas.

***

»Ist hier noch frei?«

Timo drehte sich um und sah die Frau mit der Kurzhaarfrisur und den lilafarbenen Strähnchen überrascht an. Sie kam ihm bekannt vor, auch wenn er nicht sagen konnte, wo er sie schon einmal gesehen hatte. Sein Gedächtnis war noch nie sonderlich gut gewesen.

Nach der Arbeit hatte er allein an der Theke in der Gaststätte »Extrablatt« gesessen und Bier getrunken. Normalerweise traf er sich mit Steffen hier. Da dieser sich aber nach dem Besuch der Polizisten krankgemeldet hatte, war er allein hergegangen. Er hatte keine Lust, einen weiteren Abend vor der Glotze zu verbringen.

»K-k-klar!«

Während sich die Frau neben ihm auf den Barhocker setzte, ließ Timo den Blick durch den Raum schweifen. Warum setzte sie sich zu ihm, obwohl es noch genug freie Plätze gab? Auch wenn ihm der Gedanke gefiel, dass sie ihn anbaggern wollte, verwarf er ihn sofort wieder. In seinem Leben hatte sich bisher nur eine Frau für ihn interessiert. Aber die eigene Mutter zählte bei Kneipenbekanntschaften natürlich nicht.

»Willst du noch ein Bier?« Als sie mit einem Kopfnicken auf sein fast leeres Glas deutete, sah er sie überrascht an.

»G-gerne.«

Sie bestellte zwei Getränke und drehte sie sich dann wieder zu ihm um.

»Ich bin Ricarda. Du bist Timo, richtig?«

Er nickte überrascht.

»Ich habe dich im Theater gesehen. Arbeitest du dort?«

»Ich b-bin …« Als er verstummte und verlegen zu Boden sah, legte sie ihre Hand auf seine.

»Lass dir beim Sprechen ruhig Zeit. Ich habe heute nichts mehr vor.«

»D-du bist n-n-nett.«

»Da ist mein Exmann anderer Meinung.« Ricarda nahm eines der beiden Biergläser, die der Wirt auf die Theke gestellt hatte, und prostete ihm zu. »Auf die Freiheit!«

Die Fotografin hatte Timo in den letzten beiden Tagen nicht aus den Augen gelassen. Nachdem sie ihm gestern bis zu seiner Wohnung gefolgt war, hatte sie noch eine Weile vor dem Mehrfamilienhaus gewartet. Am späten Abend war Ricarda nach Hause zurückgekehrt.

Zum Glück war Timo heute direkt nach der Arbeit in die Kneipe gegangen. Er würde ihr die Geschichte einer lebenslustigen Frau, die nach ihrer Scheidung das Singledasein in vollen Zügen genoss, hoffentlich abnehmen.

»Wie lange kennst du deinen Freund denn schon?«

Nach einer Weile hatte sie das Thema geschickt auf die Arbeit und von dort auf seinen Kontakt zum Hausinspektor gelenkt. Zu den letzten beiden Bieren hatte sie jeweils einen *Shot*, wie die hochalkoholischen Getränke mit den fantasievollen Namen genannt wurden, bestellt. Timo schien das Sprechen mit steigendem Alkoholspiegel seltsamerweise immer weniger Mühe zu bereiten.

»W-weiß nicht. Z-z-ziemlich lang.«

Während der nächsten Getränkerunden erzählte er ihr von seinem Job und der Freundschaft zu Steffen. Als er nach dem Grund ihrer Scheidung fragte, antwortete sie nach kurzem Zögern:»Mein Mann hat mich betrogen.«

»Steffen h-hat auch eine A-affäre. I-i-ich habe ihm v-vor drei T-t-tagen s-sogar ein A-alibi für ein T-t-treffen mit s-seiner G-geliebten gegeben«, berichtete er nicht ohne Stolz.

»Dein Kumpel scheint ja ein richtiger Draufgänger zu sein. War das nicht in der Nacht, in der diese Schauspielerin verschwunden ist?«

Ricarda versuchte sich ihre Anspannung nicht anmerken zu lassen. Wenn Henrike kurz vor ihrem Verschwinden bei Steffen war, konnte dieser nicht bei seiner Geliebten gewesen sein. Sie musste unbedingt mehr über diese Unbekannte herausfinden.

Timo nickte.»Sie w-war eine t-t-tolle Sch-schauspielerin.«

»Weißt du denn, mit wem er sich heimlich trifft?«

»K-keine Ahnung. Hab sogar g-gedacht, dass er w-w-aas mit H-henrike hat.«

»Wie kommst du denn darauf?«

»E-r hat s-s-sie immer so k-k-komisch angesehen.«

»Hat er mit dir denn über Henrike gesprochen?«

»N-n-ein.« Er trank sein Bier aus und rutschte vom Hocker.»Ich m-muss mal.«

Ricarda sah ihm nach. Als er die Toilettentür hinter sich zuzog, zahlte sie die Getränke und ging. Von Timo würde sie heute wahrscheinlich nichts weiter erfahren.

Gedankenverloren machte sie sich zu Fuß auf den Heimweg. Wenn Steffen keine Affäre hatte, musste es einen anderen Grund für das falsche Alibi geben. Hatte er etwas mit Henrikes möglichem Freitod zu tun? Kam die Schramme auf seiner Wange von der Joggerin? War er ein Mörder?

In ihrer Wohnung kickte Ricarda die Eingangstür hinter sich zu und hängte ihre Jacke auf den Haken. Nachdem sie eine CD mit den Hits aus den siebziger Jahren eingelegt hatte, ließ sie sich auf das Sofa fallen. Diese Musik hatte sie zuletzt zusammen mit Henrike gehört. Bei der Erinnerung an die gemeinsamen Stunden liefen ihr wieder die Tränen über die Wangen und hinterließen dunkle Schlieren von verlaufenem Make-up. Ricarda war es gleichgültig, schließlich sah es keiner. Nach Henrikes vermeintlichem Selbstmord fühlte sie sich immer mehr wie die Darstellerin eines Films, die ihre Rolle nicht kannte. Alles kam ihr fremd und unwirklich vor. Das Klingeln hingegen war ihr nur allzu vertraut. Im ersten Moment wollte sie erfreut aufspringen und Henrike entgegenlaufen. Dann erinnerte sie sich aber daran, dass ihre Freundin einen Wohnungsschlüssel hatte. Auf dem Weg zur Tür drehte Ricarda die Musik leiser. Im Moment hatte sie nicht einmal mehr die Kraft, um sich mit ihrem Nachbarn zu streiten, der sich wahrscheinlich wieder einmal beschweren wollte. Sie öffnete die Tür und sah Joost Kramer aus verweinten Augen an.

»Ich habe die Musik bereits leiser gedreht.«

Er musterte sie kurz. »Darum bin ich nicht hier.«

»Was wollen Sie dann von mir?«

»Ich will mit Ihnen reden.«

»Momentan bin ich nicht in der Stimmung für eine Moralpredigt.«

»Bin ich wirklich so schlimm?« Ein schüchternes Lächeln huschte über sein Gesicht. Ricarda nickte.

»Manchmal schon.« Dann sagte sie etwas, das sie zuvor niemals für möglich gehalten hätte. »Wollen Sie nicht reinkommen? Ich könnte noch einen Drink vertragen.«

Er sah sie erstaunt an. »Warum nicht?«

Wenig später saß er wie ein verlegener Schüler auf der Couch und drehte das Wasserglas, das sie mit Wodka und Eiswürfeln gefüllt hatte, in seinen Händen. Als ihr Handy klingelte, nahm sie es vom Wohnzimmertisch und drückte den Anruf nach einem kurzen Blick auf das Display weg.

»Manche Kunden scheinen zu meinen, dass ich rund um die Uhr arbeite.«

»Hübsch haben Sie es hier.«

»Ich mag keine belanglose Konversation. Wenn du mir etwas sagen willst oder eine Frage hast: Raus damit. Sonst kannst du gleich wieder gehen. Ich bin übrigens Ricarda.«

Der Polizist nickte. »Joost. Kannten Sie ... kanntest du ... Henrike schon lange?«

»Wir sind zusammen zur Schule gegangen. Sie ist meine beste Freundin. Warum willst du das wissen?«

»Ich möchte mehr über die Frau erfahren, die sich angeblich umgebracht hat.«

»Glaubst du nicht an ihren Selbstmord?«, fragte Ricarda neugierig.

Joost trank einen großen Schluck, bevor er mit einer Gegenfrage antwortete. »Tust du es?«

»Nein. Henrike hat ihre kleine Familie über alles geliebt. Sie hätte Dennis bei seinem Gerichtsverfahren beigestanden und sich um ihre Tochter gekümmert.«

»Bist du sicher, dass er unschuldig ist? In der Presse wurden schwere Vorwürfe gegen ihn erhoben. Alle Indizien sprechen gegen ihn.«

»Ja, ich bin sicher. Ich habe ihn als liebevollen Ehemann und fürsorglichen Vater kennengelernt. Er würde niemals die Hand gegen Henrike oder seine Tochter erheben.« Ricarda erzählte ihm von Henrikes und Steffens gemeinsamer Vergangenheit. »Ich bin mehr denn je überzeugt davon, dass Steffen Döpker nicht nur etwas mit dem Mord, sondern auch mit Henrikes Verschwinden zu tun hat.«

Joost wirkte nachdenklich. »Das sind schwere Anschuldigungen. Nach unserem gestrigen Gespräch sind mein Kollege und ich zum Theater gefahren und haben ihn verhört. Steffen kann mit dem Verschwinden deiner Freundin nichts zu tun haben, er hat an dem fraglichen Zeitpunkt mit Timo Rüdebusch zusammen Bier getrunken.«

»Das Alibi ist gelogen.«

»Woher willst du das denn wissen?«

»Ich habe mich vorhin noch mit Timo unterhalten.«

»Du hast ... *was* getan?« Joost sah sie entgeistert an. »Hast du etwa auf eigene Faust recherchiert? Das ist Sache der Polizei!«

»Ich warte doch nicht darauf, bis ein Korinthenkacker wie du …« Ricarda verstummte und sah Joost an. »Tut mir leid. Das war nicht so gemeint.«

»Schon gut. Wie hast du den Kerl zum Reden gebracht?«

»Ich habe ihm Bier und Schnaps spendiert. Außer Steffen scheint Timo keine Bekannten oder Freunde zu haben. Sein Sprachfehler wird viele Leute abschrecken. Dabei ist er wirklich nett. Inzwischen habe ich ein schlechtes Gewissen, weil ich einfach gegangen bin, als er auf der Toilette war. Wusstest du, dass Steffen sich kurz nach eurer Befragung krankgemeldet hat? Seitdem hat auch Timo nichts mehr von ihm gehört. Kannst du ihn nicht zur Fahndung ausschreiben lassen?«

»So einfach ist das leider nicht. Ich habe Vorschriften …«

»… hinter denen du dich prima verstecken kannst!«, giftete Ricarda. »Andere Männer haben statt einem Gesetzbuch noch Eier in der Hose!«

»Das war nicht besonders nett«, stellte er fest.

»Von mir aus kannst du mich gerne wegen Beamtenbeleidigung festnehmen.«

»Warum bist so gemein? Glaubst du ernsthaft, dass ich hier wäre, wenn ich dir schaden wollte? Ich bin zu dir gekommen, weil ich …«

Joost verstummte, als ihm klar wurde, dass er Ricarda gerade angeschrien hatte. Außerdem hätte er beinahe etwas Unüberlegtes gesagt. Schließlich musste seine Nachbarin nicht wissen, dass er sich Sorgen um sie machte. Er verstand seine sentimentale Gefühlsregung ihr gegenüber selbst nicht einmal.

»Weil du … *was?*«, blaffte sie nicht weniger laut zurück, bevor sie süffisant hinzufügte: »Hoffentlich beschweren sich die Nachbarn jetzt nicht über uns.«

Joost sah sie einen Moment wie versteinert an. Dann lachte er, auch wenn der Grund für ihr Streitgespräch alles andere als witzig war. »Tut mir leid«, entschuldigte er sich wenig später. »Vielleicht sollte ich nicht so viel davon trinken.« Er deutete auf sein Glas, das er inzwischen fast geleert hatte. Doch zu seiner Verwunderung schüttelte Ricarda den Kopf.

»Ich nehme die Entschuldigung nicht an, denn für wenige Sekunden warst du mir richtig sympathisch. Ich habe übrigens noch etwas herausgefunden. Sieh dir mal die Bilder an.« Ricarda fuhr den Laptop hoch und zeigte Joost die vergrößerten Aufnahmen von Steffens Schramme. »Eine befreundete Medizinerin ist der Meinung, dass diese Verletzung von einem Schlüssel stammen könnte. Ich bin sicher, dass sich die Joggerin damit gewehrt hat.«

»Wenn sie ihn mit dem Schlüsselbund verletzt hat, könnten darauf noch DNA-Spuren zu finden sein. Du weißt nicht zufällig, wo das Ding ist?«

»Ich kann dir doch nicht die ganze Arbeit abnehmen.«

»Wenn Steffen etwas mit dem Mord zu tun hat, verstehe ich nicht, wie Hautpartikel und Haare der Toten auf den Mantel von Dennis Sattler kommen.«

»Das wird uns der Hausinspektor bestimmt sagen können, schließlich war er während der Premiere an der Garderobe. Wenn wir uns in seiner Wohnung umsehen, werden wir möglicherweise etwas finden.«

»Ich bekomme ohne hinreichenden Tatverdacht aber keinen Durchsuchungsbeschluss.«

»Wer braucht denn so etwas?« Ricarda sah ihn herausfordernd an, aber Joost hob die Hände.

»Du kannst doch nicht einfach bei ihm einsteigen! Ich möchte dich nicht wegen Einbruchs festnehmen müssen!«

»Keine Sorge, mich erwischt schon niemand. Ich könnte doch …«

»Das will ich gar nicht wissen!« Joost stand auf. »Ich sollte jetzt besser gehen. Versprich mir, dass du keinen Blödsinn machst.«

»Das kann ich nicht.«

Joost schüttelte den Kopf. Einen Moment lang sah es aus, als ob er noch etwas sagen wollte. Dann murmelte er aber nur »Danke für den Drink« und verließ die Wohnung. Sekunden später fiel die Tür mit einem Knall hinter ihm ins Schloss.

***

78

Am nächsten Morgen war Joost bereits um sechs Uhr im Büro. In der letzten Nacht hatte er kaum geschlafen, das Gespräch mit Ricarda war ihm einfach nicht aus dem Kopf gegangen. Wenn er entgegen der Anweisung seines Vorgesetzten weiter gegen Steffen Döpker vorgehen wollte, brauchte er handfeste Beweise. Außerdem wollte er Ricarda mit seinen Ermittlungen davor bewahren, eine Dummheit zu begehen. Inzwischen war er sich sicher, dass sie für Henrike auch durch die Hölle gehen würde. Insgeheim bewunderte er ihren selbstlosen Einsatz. Er kannte keinen Menschen, der sich so für ihn einsetzen würde.

Bis zum Eintreffen seiner Kollegen hatte er allerdings nur einige unspektakuläre Informationen über den Hausinspektor gesammelt. Außer einer Anzeige wegen Körperverletzung bei einer Kneipenschlägerei vor dreizehn Jahren, die später fallengelassen wurde, und zwei Verkehrsdelikten konnte er nichts Belastendes finden. Sein Vater war vor vielen Jahren gestorben, die Mutter lebte in einem Seniorenwohnpark in der Stadt Norden. Vielleicht konnte sie ihm mit einigen Informationen weiterhelfen. Da er keinen Grund für eine offizielle Vernehmung hatte, würde er heute einfach früher Feierabend machen und ihr einen Besuch abstatten. Ein Ausflug an die Küste würde ihm bestimmt guttun.

***

Während Joost am späten Nachmittag mit seinem silbergrauen Golf Richtung Nordseeküste fuhr, ließ Ricarda den Eingang des Mehrfamilienhauses, in dem Steffen wohnte, nicht aus den Augen. Zum Glück befand sich eine Bushaltestelle in der Nähe, sodass sie die Haustür von dort aus unauffällig beobachten konnte. Adresse und Telefonnummer hatte sie sich aus der Onlineausgabe des »Öffentlichen« herausgesucht. Nach außen hin schien Steffen demnach nichts zu verbergen zu haben.

Ohne den Eingangsbereich aus den Augen zu lassen, zückte sie ihr Handy und tippte auf die Kurzwahl seiner Festnetznummer, die sie zuvor eingespeichert hatte. Nach dem siebten Klingeln legte sie auf. Wenn Steffen zu Hause gewesen wäre, hätte er inzwischen sicherlich auf einen ihrer vier Anrufe reagiert. Trotz der Krankmeldung schien er also nicht im Bett zu sein oder auf der Couch zu liegen. Zwei weitere Stunden später war Ricarda sicher, dass er auch nicht beim Arzt war oder sich Medikamente aus der Apotheke holte.

Nach Einbruch der Dunkelheit huschte sie über die Straße und warf im Licht der Außenbeleuchtung einen Blick auf die Klingeln neben der Eingangstür. Da sein Name auf dem untersten Schild stand, lebte er wohl in der Erdgeschosswohnung. Mit schnellen Schritten eilte sie zum Carport und schlich in den Garten. Hinter den Fenstern brannte kein Licht. Auch wenn Ricarda davon ausging, dass Steffen nicht daheim war, stand sie unschlüssig auf dem ungepflegten Rasen.

Wollte sie wirklich in seine Wohnung einbrechen?

Wenn sie die Ermittlungsarbeit der Polizei überließ, würde sie … Henrike im Stich lassen! Joost und seine Kollegen kümmerten sich anscheinend nicht um den vermeintlichen Freitod ihrer Freundin, also musste sie ihnen die benötigten Beweismittel liefern, die sie in der Wohnung zu finden hoffte.

Ricarda sah sich um. Inzwischen war es so dunkel, dass sie nur noch als Schatten wahrgenommen werden konnte. Da das Grundstück mit einem Sichtschutzzaun umgeben war, würde sie hoffentlich niemand bemerken.

Ricarda ging zur Tür, die auf die Terrasse führte, und drückte auf die Klinke. Sie ließ sich nicht öffnen. Natürlich nicht. Was hatte sie denn erwartet?

Das danebenliegende Fenster war ebenfalls verschlossen. Auch wenn sie nicht davon ausging, dass Steffens Wohnung mit einem Alarmsystem ausgestattet war, wollte sie nach Möglichkeit keine Spuren hinterlassen. Vielleicht konnte sie es durch das gekippte Milchglasfenster schaffen, hinter dem wahrscheinlich das Badezimmer war.

Ricarda tastete mit den Fingern in den Spalt, der sich auf Brusthöhe befand. In den Krimis verschafften sich Einbrecher oft durch ein Keller- oder Toilettenfenster Zugang zum Haus. Wie so oft waren die Dinge in Wirklichkeit aber nicht so einfach wie im Film. Zum einen konnte sie den Griff nicht richtig packen, um damit das Fenster zu öffnen. Zum anderen ließ ihre körperliche

Fitness deutlich zu wünschen übrig. Wahrscheinlich würde sie sogar in dem kleinen Rahmen stecken bleiben. Die Vorstellung, dass Joost auf ihren im Fenster feststeckenden Hintern starrte und dabei lauthals lachte, ließ sie den Plan verwerfen.

Entschlossen nahm sie einen Blumentopf, in dem sich eine vertrocknete Hortensie befand, und warf ihn durch die Terrassentür. Das Klirren des Glases kam ihr in der abendlichen Stille unendlich laut vor. Wahrscheinlich hatte man es in ganz Oldenburg gehört!

Mit klopfendem Herzen versteckte sie sich in dem Carport. Sollte ein anderer Bewohner oder ein Passant auf den Lärm aufmerksam geworden sein, konnte sie von dort aus immer noch unbemerkt verschwinden. Zehn Minuten später war Ricarda sicher, dass niemand die eingeworfene Scheibe bemerkt hatte.

Nachdem sie die Jacke ausgezogen und um ihren rechten Arm gewickelt hatte, drückte sie damit die Splitter, an denen sie sich verletzen könnte, aus dem Rahmen. Als das Loch groß genug war, stieg sie vorsichtig durch die eingeschlagene Glastür ins Innere. Dort blieb sie stehen, um sich zu orientieren.

Die Digitalanzeige eines Fernsehreceivers erhellte den Raum mit einem rötlichen Licht so weit, dass sie Umrisse und Konturen erkennen konnte. Zu ihrer Überraschung war die Wohnung penibel aufgeräumt. Links von ihr war ein TV-Rack, auf dem der Flachbildfernseher stand. Daneben befand sich ein Bücherregal. In der Mitte des Wohnzimmers stand ein kleiner Tisch mit zwei Stühlen und an der rechten Wand erkannte sie eine Couch, auf der drei Kissen lagen.

Ricarda horchte. Aber sie hörte nur das Blut, das wie ein Orkan in ihren Ohren rauschte. Einige qualvolle Momente lang fühlte sie sich wie gelähmt. Wenn Steffen jetzt auf sie losging, würde sie vor Angst wie erstarrt stehen bleiben.

»Reiß dich zusammen!«, sprach sie sich selbst Mut zu. »Wenn du schon in seine Wohnung eingebrochen bist, kannst du dich hier auch umsehen.«

Ricarda durchquerte den Raum und ging zu der Tür, die wahrscheinlich auf den Flur führte. Dort war es stockfinster. Mit vorgestreckten Händen tastete sie sich in der Dunkelheit weiter, bis sie mit der Hüfte an einem Hindernis anstieß. Der Schmerz kam so überraschend, dass sie aufschrie. Wenn sie so weitermachte, würde sie es noch als dümmste Einbrecherin Oldenburgs auf die Titelseite der Nordwest-Zeitung schaffen. Aber immerhin konnte sie nun ausschließen, dass Steffen in der Wohnung war, weil er sie dann längst gehört haben müsste.

Ricarda zog das Handy aus der Jackentasche und aktivierte die Taschenlampenfunktion. Damit sah sie sich um. Sie war vor eine Kommode in einem länglichen Flur gelaufen. Von dort gingen drei weitere Türen ab. Vorsichtig setzte sie einen Fuß vor den anderen, bis sie die erste Tür auf der rechten Seite aufdrücken konnte. Im Lichtkegel sah sie eine Duschkabine, ein Waschbecken und die Toilette. Die gegenüberliegende Tür führte in eine aufgeräumte Küche und am Ende des Flurs befand sich das Schlafzimmer. Das Bett war gemacht. Hier hatte in der letzten Nacht niemand geschlafen.

Vielleicht fand sie in der Wohnung nicht nur einen Hinweis auf seinen Aufenthaltsort, sondern auch den Schlüsselbund und anderes Beweismaterial. Mit der Suche sollte sie sich allerdings besser beeilen, schließlich konnte Steffen jederzeit zurückkehren.

Aber … wo sollte sie nur anfangen?

Ricarda ging zurück in den Flur. Auf der Kommode lagen zwei einzelne Schlüssel in einer Plastikschale. Sie leuchtete mit der Handytaschenlampe darauf. An einem hing ein Anhänger, der mit *Keller* beschriftet war. Den anderen konnte sie nicht zuordnen.

Warum hatte sie sich keine Gedanken darüber gemacht, wie der fehlende Schlüsselbund überhaupt aussah? In ihrer Spontanität hatte sie wieder einmal ohne vorherige Überlegung gehandelt. Joost wäre das bestimmt nicht passiert. Wahrscheinlich hätte er alles durchgeplant und wüsste nun genau, wonach er suchte.

Zusammen hätten sie bestimmt schon belastendes Material gefunden, aber … es würde niemals ein *Zusammen* geben. Wahrscheinlich würde er ihr bereits in den ersten Minuten derart auf die Nerven gehen, dass sie ihm am liebsten den Hals umdrehen würde. Bisher war sie auch immer allein klargekommen.

Sie zog ein Papiertaschentuch aus der Hosentasche und öffnete damit die Schubladen der Kommode. Sie hätte vorher an die Fingerabdrücke denken sollen! Bevor sie ging, musste sie die Türklinken und den Blumentopf noch abwischen.

Nachdem sie in den Schubladen außer Alltagskrempel wie Plastiktüten, Schuhputzzeug, Reinigungstüchern und einem Schraubenzieher nichts gefunden hatte, ging sie in die Küche. Wenige Minuten später hatte sie in alle Schränke gesehen und die Besteckschubladen inspiziert. Sie hatte sogar die Müslipackungen untersucht und den Kochbeutelreis aus der Packung genommen. Aber auch hier fand sie nichts, was sie mit dem Mordfall an der Joggerin oder dem Verschwinden ihrer Freundin in Verbindung bringen konnte.

Bevor Ricarda die Küche verließ, dachte sie einen Moment lang nach. Sie hatte bereits wertvolle Zeit mit einer wahllosen Suche verschwendet. Da sie nicht die ganze Wohnung auf den Kopf stellen konnte, sollte sie sich auf mögliche Verstecke konzentrieren.

Wo würde sie einen Schlüsselbund aufbewahren?

Neben der Dose mit dem gemahlenen Kaffee fielen ihr spontan nur das Bett und die Schublade ein, in der sie ihre Handtücher und die Bettwäsche aufbewahrte. Wer immer bei ihr etwas suchte, würde sich bestimmt eher die Dessous ansehen.

Ricarda ging ins Schlafzimmer und zog die oberste der drei Schubladen im Kleiderschrank auf. Wenige Minuten später hatte sie sich durch einige Baumwollshirts, unmodische Hosen und langweilige Unterwäsche gewühlt. Als sie die Socken zur Seite schob, strichen ihre Finger über einen rechteckigen Gegenstand. Wahrscheinlich hatte sie seine Pornosammlung entdeckt!

Auch wenn Ricarda sich diesen Mist nicht ansehen wollte, leuchtete sie mit dem Lichtkegel darauf. Als sie statt monströser Brüste oder einem feucht glänzenden Hintern aber ein Fotoalbum erblickte, nahm sie es neugierig heraus und schlug es auf.

Der Anblick der ersten Bilder ließ sie einen überraschten Schrei ausstoßen. Fassungslos blätterte sie in dem Buch einer glücklichen Familie, die es nicht gab. Steffen hatte sogar das Hochzeitsfoto von Henrike und Dennis manipuliert. Die

Fälschungen waren so gut gemacht, dass sie nur einem geübten Betrachter auffielen. Henrikes Exfreund schien sich damit ein Leben erträumt zu haben, das er nicht führen konnte, denn Henrike würde niemals zu ihm zurückkehren.

Zumindest nicht freiwillig ...

Sie musste sofort die Polizei verständigen! Wenn Steffen Henrike entführt hatte, befand sie sich in den Händen eines Wahnsinnigen. Vielleicht konnte sie Joost um Hilfe bitten. Wenn er aber erfuhr, dass sie das Fotoalbum bei einem Einbruch in Steffens Wohnung gestohlen hatte, würde er sie dafür wahrscheinlich zur Rechenschaft ziehen und ...

Das Klingeln der Türglocke schreckte sie aus ihren Gedanken. Sie musste hier sofort raus!

Das Fotoalbum fest umklammernd, schlich sie aus dem Schlafzimmer in den Flur. Als sie an der Wohnungstür vorbeikam, hämmerte plötzlich jemand dagegen. Wenn der Besucher auf die Idee kam, auch an der Terrassentür auf sich aufmerksam zu machen, war sie geliefert. Ricarda lief durch das Wohnzimmer und gelangte durch die zersplitterte Glastür in den Garten. Von dort aus huschte sie in den Carport. Als sie die Lichter eines Busses kommen sah, rannte sie über die Straße zur Haltestelle. Sekunden später stieg sie ein.

Als sich die Türen hinter ihr schlossen, ohne dass ein anderer Fahrgast zustieg, atmete sie erleichtert auf. Zu Hause würde sie sich das Fotoalbum in Ruhe ansehen und entscheiden, was sie nun tun musste.

***

Nachdem Steffen nicht auf seine Nachrichten und Anrufe reagiert hatte, machte sich Timo Sorgen um seinen Freund. Die Krankheit beunruhigte ihn, schließlich hatte Steffen bisher noch nie gefehlt. Wenn er ihm helfen konnte, würde er das trotz der Gemeinheiten, die er in den letzten Tagen zu ihm gesagt hatte, tun. Schließlich war Steffen der einzige Mensch, der außerhalb der Arbeit etwas mit ihm zu tun haben wollte. Vielleicht brauchte er jemanden, der ihm etwas zu essen machte oder sich um die Besorgungen kümmerte.

Die Frau, die er gestern in der Kneipe kennengelernt hatte, war bei der ersten Gelegenheit verschwunden. Dabei hatte Timo zunächst den Eindruck gehabt, dass sie sein Stottern nicht stören würde. Er hatte sie sogar so nett gefunden, dass er ihr von Steffen und seinem falschen Alibi erzählt hatte. Hoffentlich würde sein Freund deshalb nicht böse werden. Wenn sie die Klappe hielt, würde Steffen es niemals erfahren.

Wieder klingelte er und wieder öffnete Steffen nicht, also hämmerte Timo gegen die Tür. Schließlich rief er auf der Festnetznummer an. Sieben Mal hörte er es läuten, dann schüttelte er den Kopf und ging durch den Hausflur zur Eingangstür. Im Scheinwerferlicht eines Busses sah er, wie die Frau aus der Kneipe über die Straße lief. In der Hand hielt sie etwas, das ein Buch sein konnte. Sie schien direkt aus dem Carport neben dem Haus zu kommen.

Was machte sie hier? Warum hatte sie es so eilig?

Einen Augenblick lang überlegte er, ihr nachzulaufen und sie zu fragen. Bevor er sich aber dazu durchgerungen hatte, setzte der Bus seine Fahrt schon fort. Da niemand mehr an der Haltestelle wartete, war sie anscheinend eingestiegen. Vielleicht hatte Timo sich auch geirrt und sie mit jemandem verwechselt.

Einen Moment lang blieb er unschlüssig vor dem Carport stehen. Dann ging er von dort aus in den Garten. Als Timo im Mondlicht die eingeworfene Glastür sah, schlug er erschrocken die Hand vor den Mund und sah sich hektisch um. Wenn jemand in Steffens Wohnung eingebrochen war, konnte er verletzt oder ... tot sein. Er musste sofort Hilfe holen! Panisch kramte Timo sein Handy aus der Hosentasche und wählte den Notruf.

Da er wegen seiner Aufregung kaum sprechen konnte, dauerte es eine ganze Weile, bis ihn die Frau am anderen Ende der Leitung so weit beruhigt hatte, dass sie ihn trotz seines Stotterns verstand. Sie nahm Steffens Adresse auf und versprach, sofort einen Streifenwagen dorthin zu schicken.

***

Während Ricarda Steffens Wohnung beobachtete, fuhr Joost in die Stadt Norden. Er liebte die Nordsee über alles, schließlich war er in Ostfriesland aufgewachsen. Die raue Natur der Küste würde immer seine Heimat sein. Für ihn gab es nichts Schöneres, als sich bei einem Strandspaziergang eine steife Brise um die Nase wehen zu lassen. In den letzten Monaten hatte er immer öfter über einen beruflichen Wechsel nach Norderney nachgedacht. Statt einer nervigen Nachbarin würde er dort nur das Rauschen des Meeres und die Schreie der Möwen hören. Bis vor wenigen Tagen wäre Ricarda ein Grund für einen Ortswechsel gewesen. Jetzt wollte er ihretwegen … *bleiben*?

Inzwischen musste sich Joost eingestehen, dass ihn seine Nachbarin in den letzten Tagen ziemlich durcheinandergebracht hatte. Wenn sie nicht gerade auf seinen Nerven herumtrampelte, konnte sie bestimmt ganz nett sein. Zudem war sie wirklich hübsch und …

Joost schüttelte den Kopf, als könnte er seine Gedanken damit verscheuchen. Statt an seine Nachbarin zu denken, sollte er sich lieber auf das Gespräch mit Steffens Mutter vorbereiten. Bisher hatte er noch nicht einmal die Fragen formuliert, die er ihr stellen wollte. So unvorbereitet war er noch nie zu einer möglichen Informantin gefahren. Zudem hatte er bisher auch noch nie ohne ausdrücklichen Befehl gehandelt.

Die Entscheidung, sich der Anweisung seines Vorgesetzten zu widersetzen, war ihm seltsamerweise nicht einmal so schwer gefallen, wie er zunächst gedacht hatte. Schließlich war es die Pflicht eines Polizisten, jeder nur denkbaren Spur nachzugehen, um den wirklichen Täter zu ermitteln!

Am frühen Abend parkte Joost seinen Wagen auf dem Parkplatz des Seniorenparks und fragte an der Information nach Grete Döpker. Nachdem er auf dem unbequemen Stuhl eines Gemeinschaftsraums einige Minuten lang gewartet hatte, kam eine weißhaarige Frau auf ihn zu. Auch wenn sie sich beim Gehen auf einen Rollator stützte, ging von ihr eine ungeheure Vitalität aus. Durch dicke Brillengläser hindurch musterte sie ihn aus blauen Augen.

»Moin, mien Jung!«, begrüßte sie ihn. Als Joost aufstand und ihr die Hand reichte, nickte sie ihm anerkennend zu. »Einen Mann mit Manieren findet man heutzutage leider nicht mehr so oft. Wer sind Sie eigentlich?« Sie setzte sich auf einen Stuhl ihm gegenüber.

»Mein Name ist Joost Kramer. Ich bin Polizist.«

»Haben Sie auch einen Dienstausweis?«

Die alte Dame studierte diesen genau und sah ihn dann misstrauisch an. »Warum tragen Sie keine Uniform?«

»Weil ich mich mit Ihnen nur etwas über Ihren Sohn unterhalten will.«

»Warum das denn? Ist ihm etwas passiert?«

Joost schüttelte den Kopf. »Meines Wissens nicht. Können Sie mir trotzdem etwas über Steffen erzählen?«

»Müssen Sie mich dazu denn nicht ins Polizeipräsidium bestellen?«

»Warum sollte ich das tun?«

»Weil ich immer schon in einem Streifenwagen fahren wollte«, erklärte die alte Dame grinsend. »Mit Tatütata und Blaulicht. Das macht bestimmt Spaß.«

»Dazu müssen Sie nur die nächste Bank überfallen und … Das war nur ein Scherz«, erläuterte Joost, als ihn die alte Dame interessiert ansah. »Wenn Sie sich nicht mit mir unterhalten wollen, werde ich Sie auf keinen Fall dazu zwingen.«

»Das weiß ich doch, schließlich sehe ich mir jeden Sonntag die Sendung *Tatort* im Fernsehen an.« Grete Döpker verdrehte die Augen, als wäre damit alles klar. »Zu Steffen kann ich Ihnen leider nicht viel sagen. Er besucht mich nur selten. Wie Sie bestimmt wissen, ist er ein berühmter Schauspieler. Da hat er leider keine Zeit für seine alte Mutter.«

Joost wollte zunächst widersprechen, dann aber schwieg er. Dank seiner Erfahrungen als Polizist wusste er, wann er einfach nur zuhören musste.

»Mein Sohn hat mir Fotos von seinen Aufführungen geschickt. Wollen Sie diese sehen?«

Eine Viertelstunde später waren sie in dem kleinen Appartement, das Grete Döpker in dem Seniorenpark bewohnte.

»Wollen Sie auch ein Schnäpschen?«
Joost schloss die Tür, während Grete Döpker den Rollator zu einem kleinen Schrank schob. Wenig später goss sie sich einen Klaren ein und leerte das Glas mit einem Zug. »Auf einem Bein kann man nicht stehen«, murmelte sie vor sich hin, schenkte sich das zweite Glas ein und leerte es ebenfalls.

»Nein, danke. Ich muss noch fahren.«

»Das ist vernünftig. Sehen Sie das gelbe Fotoalbum in dem Regal dort oben?«

Als Joost nickte, bat sie ihn, es zu holen. Wenig später blätterte sie voller Stolz darin.

»Hier ist er im Residenztheater in München. Dort sehen Sie ihn im Schauspielhaus Berlin. Das Foto wurde …«

Irritiert betrachtete Joost die Aufnahmen, die einen Schauspieler auf dem Gipfel seines Ruhms zeigten. Er sah Steffen bei Autogrammstunden, auf dem roten Teppich und natürlich auf der Bühne. Bei den Bildern musste Joost immer wieder an das gefälschte Foto denken, das Ricarda ihm gezeigt hatte. Wenn Steffen diese Aufnahmen alle gefälscht hatte – woran er keinesfalls zweifelte –, lebte er möglicherweise wirklich in einer Fantasiewelt. Wenn er den Bezug zur Realität verloren hatte, konnte er in seinem Wahn zu allem fähig sein.

»Sie hören mir nicht zu!« Die alte Dame sah ihn empört an.

»Bitte entschuldigen Sie. Wo wurde dieses Bild denn gemacht?«

Grete Döpker war nach seiner Frage sofort wieder in ihrem Element. Erst nach einer knappen Stunde schlug sie das Fotoalbum endlich zu. »Möchten Sie eine Autogrammkarte von meinem Sohn haben? Er hat mir bei seinem letzten Besuch einen Stapel davon dagelassen. Die Dinger sind hier in der Schublade.«

Sie zog diese auf und reichte Joost eine professionell gemachte Autogrammkarte.

»Darf ich die behalten?«

»Natürlich. Nehmen Sie auch ruhig welche für Ihre Kollegen mit. Wenn Sie noch Zeit haben, würde ich Ihnen gerne auch die Bilder aus seiner Kindheit zeigen. Die Alben sind noch im Haus, mit dem Auto fahren Sie von hier aus aber nur zwanzig Minuten dahin.«

»Haus? Was für ein Haus?«

Die Augen der alten Dame begannen zu funkeln. »Der Bauernhof, auf dem ich gelebt habe, bis Steffen mich hierhergebracht hat.«

In diesem Moment hätte sich Joost am liebsten selbst stundenlang in den Hintern getreten.

Wie hatte er nur so dämlich sein können! Bei seiner Recherche hatte er doch von dem Bauernhof gelesen, auf dem Steffen aufgewachsen war. Er hätte sofort eine Verbindung dazu herstellen müssen!

»Wenn Sie mir die Adresse geben, fahre ich gleich dort vorbei. Wie komme ich denn ins Haus?«

Die Möglichkeit, sich dort umzusehen, musste er unbedingt nutzen.

»Mit dem Schlüssel natürlich!« Die Rentnerin sah Joost an wie einen Schüler, der eine besonders dämliche Frage gestellt hatte. »Der Ersatzschlüssel hängt in der Scheune am Balken, direkt rechts neben der Tür.«

»Ist das nicht etwas leichtsinnig?«

»Als ich noch dort wohnte, habe ich die Türen oft nicht einmal abgeschlossen. Wir sind doch in Ostfriesland und nicht in der Großstadt!«

»Trotzdem gibt es auch hier Verbrecher.«

»Damit haben Sie leider recht.« Sie sah ihn traurig an.

»Können Sie mir die Adresse geben?«

Nachdem sich Joost diese aufgeschrieben hatte, stand er auf.

»Danke für Ihre Zeit. Ich muss jetzt leider gehen. Bei meinem nächsten Besuch bringe ich das Fotoalbum mit.«

»Das freut mich. Vielleicht können wir dann auch eine Spritztour mit dem Streifenwagen machen!«

»Das ist gegen die Vorschriften!«

»Klei mi an'n Moors mit de Vorschriften!«, fluchte die alte Dame plötzlich auf Plattdeutsch. Dann sah sie Joost entschuldigend an. »Das war jetzt nicht so gemeint. Als Polizist müssen Sie sich schließlich an die Gesetze halten.«

»Als Polizist muss ich vor allem für Gerechtigkeit sorgen«, antwortete Joost ausweichend. Grete Döpker musste schließlich nicht wissen, dass er mit seinem Besuch bei ihr gegen einen ausdrücklichen Befehl seines Vorgesetzten verstieß. Nach der Verabschiedung ging er zu seinem Privatwagen. Dort legte er die Autogrammkarte auf den Beifahrersitz und gab die Adresse in sein Navigationsgerät ein. Auf dem Weg zu dem alten Bauernhof dachte er darüber nach, seine Kollegen aus der Stadt Norden um Unterstützung zu bitten. Aber wenn er das tat, musste er ihnen auch von dem Besuch bei Steffens Mutter erzählen. Da keine Gefahr im Verzug war, würden sie ohnehin kaum etwas ausrichten können.

Joost wusste nicht einmal genau, ob sich Steffen mit der Fälschung von Privatfotos strafbar gemacht hatte. Dafür war ihm sehr deutlich bewusst, dass er mit seinem eigenen Verhalten gegen eine Menge Vorschriften verstieß. Bis zu seinem Gespräch mit Ricarda hatte er in seiner ganzen Laufbahn gegen keine einzige Regel verstoßen. Jetzt missachtete er sogar die Anweisung seines Chefs!

Wenig später fuhr er auf einer Landstraße, die zu beiden Seiten von Feldern und Wiesen gesäumt wurde. Kühe grasten auf saftigen Weiden. Das ländlich geprägte Ostfriesland präsentierte sich in der Dämmerung wie eine Postkartenidylle. Er musste dafür sorgen, dass dieser Frieden nicht von den Verbrechen eines Psychopathen gestört wurde. Die von Steffen gefälschten Bilder belegten eindeutig, dass er auf die Couch eines Psychiaters gehörte. Joost musste nun herausfinden, ob er nur ein harmloser Spinner oder ein gefährlicher Irrer war.

Die schmale Straße, die zu dem alten Bauernhof führte, hätte er trotz des Hinweises seines Navigationsgeräts fast übersehen. Sie war kaum mehr als ein Feldweg voller Schlaglöcher. Auch wenn Joost nur in Schrittgeschwindigkeit fuhr, wurde er ordentlich durchgeschüttelt. Das alte Anwesen konnte er schon von Weitem erkennen, und das bedeutete … dass auch er gesehen werden konnte. Der Gedanke, dass Steffen ihn beobachtete, ließ ihn frösteln.

Joost fuhr mit dem Wagen auf den Hof, stieg aus und sah sich um. Die Scheune stand rechts vom Hauptgebäude. Mit dem

Schlüssel würde er unbemerkt ins Haus kommen. Dort konnte er sich in Ruhe umsehen, um ... *was* zu finden?

Dass der Schlüsselbund der Joggerin bisher nicht gefunden wurde und sich der anonyme Anrufer noch nicht gemeldet hatte, bedeutete noch lange nicht, dass Steffen etwas mit dem Mord zu tun hatte. Auch wenn er das Ende der Beziehung zu Henrike offensichtlich nicht verkraftet hatte, musste er noch lange nichts mit ihrem Verschwinden zu tun haben.

Einige Sekunden lang blieb er unschlüssig neben seinem silbergrauen Golf stehen. Dann ging er zur Scheune, musste dort allerdings feststellen, dass der Hebelverschluss des Tors mit einem neuen Vorhängeschloss gesichert war. Davon hatte Grete Döpker nichts gesagt. Vielleicht hatte Steffen das Gebäude verschlossen.

Joost ging um die Scheune herum und sah durch ein verdrecktes Fenster im Dämmerlicht einen leeren Raum. Im vorderen Teil erkannte er die Konturen eines Autos. Gehörte es Steffen oder rostete hier das alte Fahrzeug seiner Mutter vor sich hin?

An der Stirnseite war eine Art Podest, das sich von einer Wand zur anderen spannte und etwa ein Drittel des Raums einnahm. Davor standen einige Stühle, auf denen er meinte, Menschen sitzen zu sehen. Aber das lag bestimmt nur an den schlechten Lichtverhältnissen. Wahrscheinlich spielten ihm die Schatten, die wie Gespenster in der Scheune lebten, einen Streich.

Wenn der Hausschlüssel noch immer an dem Balken hing, konnte er ihn nicht holen, ohne dazu das Schloss aufbrechen zu müssen. Das konnte er unmöglich machen!

Joost ging zu seinem Golf zurück. Auf dem Weg dorthin betrachtete er das Haupthaus. In einem Krimi hätte er jetzt eine Bewegung hinter einer Gardine wahrgenommen, vielleicht hätte ihn auch ein tollwütiger Hund in die Flucht geschlagen. Möglicherweise wäre auch einer der bösen Jungs plötzlich aus der Tür getreten und hätte ihn mit einer Waffe bedroht. Aber das Leben war kein Film. Er war nicht am Schauplatz eines Verbrechens, sondern nur auf einem verlassenen Bauernhof.

Joost ging auf das Haus zu und rüttelte an der Eingangstür. Sie war verschlossen. Auch wenn er nichts anderes erwartet hatte, wollte er sich schon enttäuscht abwenden, als er plötzlich einen Schrei hörte, der abrupt abbrach. Sofort griff er nach der Dienstwaffe, die er aber nicht bei sich trug. Joost war schließlich nicht davon ausgegangen, dass er sich vor dem Besuch eines Seniorenparks bewaffnen musste.

An die Hauswand gepresst rückte er bis zum nächsten Fenster vor und lauschte. Aber er hörte nichts außer einigen Vogelrufen, denen er keine Art zuordnen konnte, und dem Rauschen des Windes. Der Schrei war, wie auch die Menschen in der Scheune, wahrscheinlich nur Einbildung gewesen. Nach dem Gespräch mit Ricarda hatte er sich so auf Steffen fixiert, dass er schon Geisterstimmen hörte. Wahrscheinlich ging seine Fantasie mit ihm durch.

Wenn er sich an die Vorschriften gehalten hätte, wäre das nicht passiert!

Vorsichtig lugte er durch das Fenster. Da der Vorhang zugezogen war, konnte er nicht in das Zimmer sehen. Einen Moment lang überlegte er, auch einen Blick in die anderen Räume zu werfen, entschied sich aber dagegen. Er sollte besser von hier verschwinden, bevor ihn jemand für einen Einbrecher hielt und er seinen Kollegen erklären musste, warum er heimlich um ein Haus herumschlich. Nach seiner Rückkehr würde er sich wieder an die Dienstanweisungen halten.

Entschlossen ging Joost zu seinem Wagen zurück.

***

Henrike hörte, wie der Fremde den Motor seines Wagens startete. Mit aller Kraft wehrte sie sich gegen Steffens Hand, die er ihr fest auf Mund und Nase presste, und zerrte an den Fesseln. Aber die Stricke waren zu fest und seine Kraft zu groß.

»Keinen Mucks. Hast du mich verstanden?«

Als er den Griff lockerte, schnappte sie nach Luft wie eine Ertrinkende. Tränen rannen über ihre Wangen. Einige köstliche Augenblicke lang hatte sie so etwas wie Hoffnung geschöpft. Leider hatte Steffen das Fahrzeug auch gehört und ihr sofort den Mund zugehalten.

»Wenn du mich noch einmal beißt, werde ich dich dafür bestrafen.«

Erst als sich das Motorengeräusch immer weiter entfernt hatte und schließlich ganz verstummte, nahm er die Hand von ihrem Gesicht und betrachtete seinen Zeigefinger, auf dem ihre Zahnabdrücke noch deutlich zu sehen waren. Zum Glück war der Unbekannte wieder verschwunden. Steffen ärgerte sich über den Reflex, mit dem er die Hand nach dem Biss weggezogen und Henrike damit die Möglichkeit zu einem Schrei gegeben hatte. Auch wenn es sich bei dem unerwünschten Besucher bestimmt nur um einen Zeugen Jehovas oder einen anderen Spinner gehandelt hatte, musste er noch vorsichtiger sein. In den nächsten Wochen würde er sich ganz unauffällig verhalten, auch wenn das bedeutete, dass er Henrike immer wieder für eine Weile allein lassen musste. Im Keller würde sie schließlich niemand finden.

***

Auf dem Rückweg nach Oldenburg schaltete Joost das Radio ein. Obwohl er die Musik so laut hörte wie nie zuvor, konnten die Lieder den Schrei in seinem Kopf nicht übertönen. Auch wenn er sich einredete, dass der Hilferuf nur eine Einbildung war, musste er ständig daran denken, denn wenn der Schrei doch real war, befand sich entweder jemand in Gefahr oder hatte sich verletzt und brauchte Hilfe. In beiden Fällen hätte er eingreifen *müssen*.

Mit jedem zurückgelegten Kilometer fühlte sich seine Entscheidung, nichts zu unternehmen, immer schlechter an. Wenn er sich weiterhin wie ein ängstlicher Finanzbeamter ständig hinter seinen Paragrafen versteckte, würde er Ricarda bestimmt niemals beeindrucken können. Ein langweiliger Polizist war eben nicht so sexy wie ein Bulle, der die bösen Jungs in den Knast brachte, bevor er die Frau seiner Träume flachlegte, und das war ... *Blödsinn.* Seine Nachbarin war schließlich kein heißes Model, sondern eine der nervigsten Frauen, die er sich nur vorstellen konnte.

Joost konnte nur hoffen, dass niemand etwas von seinem Besuch bei Steffens Mutter mitbekam. Auf den Ärger mit seinem Vorgesetzten konnte er gut verzichten.

In Oldenburg parkte er den Wagen, nahm die Autogrammkarte vom Beifahrersitz und ging ins Haus. Zu seiner Verwunderung war die Tür zu Ricardas Wohnung nur angelehnt. Unschlüssig blieb er im Flur stehen. Die Stille beunruhigte ihn.

»Ricarda?« Er schob die Tür auf und trat in den Flur. »Ist alles okay?«

Als er keine Antwort bekam, schlich er bis zur Wohnzimmertür und klopfte. Da auch jetzt niemand reagierte, ging er in den Raum. Ein Fotoalbum lag auf dem Tisch. Joost legte die Autogrammkarte zur Seite und griff danach. Er hatte sich gerade die ersten beiden Seiten angesehen, da ließ ihn ein Geräusch herumwirbeln.

»Was machst du denn hier?« Ricarda kam ins Zimmer und sah ihn überrascht an.

»Wo warst du?«

»Auf der Toilette. Brauche ich zum Pinkeln neuerdings eine polizeiliche Genehmigung?«

»Natürlich nicht. Die Wohnungstür stand auf, ich habe mir Sorgen gemacht.«

»Ich habe sie hinter mir zugeworfen. Wahrscheinlich nicht fest genug.«

»Wo hast du das her?« Joost hielt ihr das Fotoalbum entgegen.

»Aus Steffens Wohnung.«

»Hat er es dir gegeben?«

Ricarda wiegte den Kopf hin und her. »Nicht direkt. Ich habe es mir genommen.«

»Das geht nicht. Das ist Diebstahl.«

»Willst du mich verhaften?«

»Natürlich nicht. Aber du kannst nicht einfach …«

»Halt deine verdammte Klappe!«, schrie sie ihn plötzlich an und trat einen Schritt auf ihn zu. »Wenn du mich noch ein einziges Mal darüber belehren willst, was ich darf und was nicht, kann ich keine Garantie dafür übernehmen, dass ich dir gegenüber nicht handgreiflich werde! Henrike braucht unsere Hilfe, kapierst du das denn nicht?«

Mit diesen Worten schien Ricarda alle Energie verbraucht zu haben. Sie stand vor Joost wie eine Spielzeugpuppe mit defektem Akku. Unbeholfen streckte er den Arm nach ihr aus und ergriff ihre Hand. Als sie diese fest umklammerte, zog er sie zu sich und umarmte sie.

Diese vertrauliche Geste schien versteckte Schleusen in ihrem Innern zu öffnen. Da Joost nicht wusste, was er sagen sollte, hielt er die weinende Frau einfach nur fest. Nach einer Weile, die ihm wie eine Ewigkeit vorkam, löste sie sich aus seiner Umarmung.

»Entschuldige bitte. Ich hätte mich niemals so gehen lassen dürfen. Das ist ...«

»... vollkommen in Ordnung«, unterbrach er sie. »Willst du mir erzählen, was passiert ist?«

Stockend erzählte sie ihm von dem Einbruch in Steffens Wohnung.

»Hat dich jemand dabei beobachtet?«, wollte Joost wissen.

»Ich denke nicht. Möglicherweise hat mich aber der unbekannte Besucher gesehen.«

»Hast du Fingerabdrücke hinterlassen?«

Sie zuckte die Schultern. »An dem Blumenkübel und den Türklinken könnten welche sein. Sonst nicht.«

»Bist du schon einmal erkennungsdienstlich behandelt worden?«

»Soll das ein Verhör werden? Natürlich nicht. Für wen hältst du mich?«

»Für die beste Freundin, die sich ein Mensch nur wünschen kann«, antwortete Joost leise. »Für Henrike würdest du wahrscheinlich auch die Welt aus den Angeln heben.«

»War das so etwas wie ein Kompliment?«

Auch wenn das Lächeln in ihrem vom Weinen verquollenen Gesicht irgendwie schief wirkte, errötete Joost wie ein verliebter Schüler.

»So etwas Ähnliches«, antwortete er ausweichend. »Ist das ganze Fotoalbum voller gefälschter Bilder?«

Ricarda nickte. »Es beginnt mit der Hochzeit, dokumentiert Emilias Geburt und endet bei der Premiere von *Romeo und Julia* hier in Oldenburg. Ich hatte einige meiner Bilder dazu auf der

Internetseite des Oldenburgischen Staatstheaters hochgeladen. Es ist das Album einer Familie, die es nicht gibt. Meiner Meinung nach ist Steffen ein Fall für den Psychiater. Aber sag mal, wo hast du eigentlich die Autogrammkarte her?«

Nachdem Joost ihr von seinem Besuch bei Grete Döpker und dem Bauernhof erzählt hatte, sah sie ihn verwundert an.

»Du hast auf eigene Faust recherchiert? Das finde ich toll. Als Henrike noch mit Steffen zusammen war, sind wir auf einer Radtour zur Nordsee einmal dort vorbeigefahren. Deine Kollegen müssen den Bauernhof sofort durchsuchen. Vielleicht ist Henrike dort.«

»So einfach geht das leider nicht. Ohne Durchsuchungsbeschluss kann auch die Polizei nichts machen. Ich werde die Kollegen aus Norden morgen bitten, dort mal vorbeizuschauen.«

»So viel Zeit haben wir nicht. Ihr müsst das Gelände sofort absuchen!«

Auch wenn Joost, der Ricarda bisher noch nichts von dem Schrei erzählt hatte, nichts lieber getan hätte, schüttelte er bedauernd den Kopf.

»Dann gehe ich eben allein!«

»Das wirst du schön bleiben lassen! Ich möchte nicht, dass dir etwas passiert.«

Ricarda sah ihn einen Moment irritiert an. »Dann ziehen wir das jetzt zusammen durch«, bestimmte sie.

Joost schluckte. »Wie stellst du dir das denn vor? Willst du wieder irgendwo einbrechen? Sollte Steffen Henrike wirklich auf dem Bauernhof verstecken, wird er sie bestimmt nicht so einfach gehen lassen.«

Ricardas Blick verdüsterte sich. »Dann machen wir ihn fertig. Ihr habt in der Polizeischule doch bestimmt diesen Selbstverteidigungskram gelernt. Und du hast doch auch eine Waffe, oder nicht?«

»Das schon. Aber ...«

Sie zog ihre Hand zurück. »Es gibt kein ... *Aber*!« Sie spie das Wort aus, als würde es sich dabei um ein widerliches Insekt handeln. »Es gibt nur ein *Sofort* oder ein *Zuspät*.«

»Ich bin Polizist und kein Actionheld, Ricarda! Ich werde die Kollegen aus Norden gleich bitten, sich den Bauernhof anzusehen. Versprich mir, dass du bis dahin keinen Blödsinn machst.«

Ricarda sah Joost traurig an. »Du weißt genau, dass ich das auf keinen Fall machen werde. Ich kann meine Freundin doch nicht in der Gewalt eines Psychopathen lassen, weil eine Rettung *gegen die Vorschriften ist*.« Ricarda wurde mit jedem Wort etwas lauter, bis sie ihn wieder anschrie.

»Wir wissen nicht einmal, ob Henrike noch lebt«, versuchte er sie zu beschwichtigen. »Vielleicht hat sie sich wirklich umgebracht und ...«

»Es reicht jetzt! Verschwinde!« Ricarda funkelte Joost zornig an.

»Was soll das? Wir reden doch gerade über ...«

»Richtig. Wir *reden*. Dabei müssten wir längst *handeln*! Vorhin habe ich für einige Momente den Mann gesehen, der du sein könntest, wenn du dich nicht ständig wie ein Feigling hinter deinen Paragrafen verstecken würdest. Ich brauche jemanden, der an mich glaubt und mich unterstützt.«

Joost konnte nicht fassen, was er da hörte. »Ist dir eigentlich klar, dass ich dich schon wegen des Einbruchs in Steffens Wohnung festnehmen müsste? Hast du eine Ahnung, welche Probleme ich bekomme, wenn ich dich schütze?«

»Entschuldige bitte ...«, antwortete Ricarda hämisch, »... dass du meinetwegen vielleicht Anschiss bekommst.«

»Im Leben gibt es Spielregeln, an die man sich halten muss!«

»Wenn du mich festnehmen willst, weißt du ja, wo du mich findest.«

»Ich will dir nur helfen. Ricarda, sei doch vernünftig!«

»Du verstehst es einfach nicht!« Aufgebracht warf sie die Hände in die Luft. »Liebe und Freundschaft haben doch nichts mit Vernunft zu tun. Wenn du jemals verliebt warst, wirst du das wissen. Aber wahrscheinlich hast du deiner ersten großen Liebe in der Grundschule statt eines netten Spruchs die Schulordnung in ihr Poesiealbum geschrieben.«

»Ich war ...«

»Es ist mir egal, was du warst«, unterbrach Ricarda seinen Versuch einer Verteidigung sofort. »Ich sehe nur, was du bist, und das ist …«

»Das will ich gar nicht wissen.« Joost stand so abrupt auf, dass der Stuhl umkippte und nach hinten fiel. Ohne sich darum zu kümmern, verließ er ihre Wohnung. Dass er die Tür wütend hinter sich zuknallte, bemerkte er nicht einmal.

Alleingang

Ostfriesland, September

Nach Joosts Verschwinden starrte Ricarda auf die gegenüberliegende Wand. In ihrem Kopf wirbelten die Gedanken durcheinander wie Herbstlaub in einem Sturm. Warum mussten die Dinge immer so schwierig sein? Für Henrike würde sie es notfalls auch mit der ganzen Welt aufnehmen. Da sie aber weder *Wonder Woman* noch *Supergirl* war, hätte sie dabei Joost gerne an ihrer Seite gehabt. Auch wenn er rechtlich bestimmt alles richtig machte, konnte sie seine Vorgehensweise unmöglich akzeptieren. Wenn er ihr nicht helfen wollte, würde sie eben allein zu dem Bauernhof fahren und sich dort umsehen!

Entschlossen stand Ricarda auf und ging in den Flur. Dort nahm sie den Wagenschlüssel vom Haken und zog sich die Jacke über. Wenig später war sie in ihrem grünen Käfer unterwegs.

Als sie die Autobahn verließ und auf einsamen Landstraßen durch ein nächtliches Ostfriesland fuhr, schien ihr Plan mit jeder verstreichenden Minute etwas mehr von seinem ursprünglichen Glanz zu verlieren.

Zudem konnte sie sich kaum noch an den Weg zu dem abgelegenen Gehöft erinnern, den sie mit Henrike vor vielen Jahren gefahren war, um Steffen bei seiner Mutter abzuholen. Damals hatte die Gegend im hellen Sonnenschein eines Sommertags auch vollkommen anders ausgesehen.

Ricarda fand den mit Schlaglöchern übersäten Feldweg zu dem Bauernhof nur, weil sie sich an einen Baum erinnerte, der mit seinen Ästen wie ein Mensch mit ausgebreiteten Armen aussah. Als dieser plötzlich im Licht ihrer Scheinwerfer auftauchte, schaltete sie diese aus und bog ab. Wenn Steffen sich hier aufhielt, würde er sie sonst schon von Weitem bemerken. Auch wenn sie im Mondlicht den Weg erkennen konnte, drohte sie immer wieder in den Graben zu rutschen.

Als Ricarda den Hof endlich erreicht hatte, stellte sie den Motor ab und blieb eine Weile hinter dem Steuer sitzen. Wollte sie wirklich den zweiten Einbruch in dieser Nacht begehen?

99

Ricarda stieg aus und sah sich um. Hier schien alles ruhig und friedlich zu sein. Vielleicht war sie selbst die Wahnsinnige, die sich die Geschichte einer Entführung ausgedacht hatte, weil sie den Selbstmord ihrer Freundin nicht akzeptieren konnte! Die Stimmen der Zweifel wurden immer lauter, bis Ricarda sich die Ohren zuhielt, auch wenn sie wusste, dass diese Geste vollkommen sinnlos war. Natürlich war es total verrückt, mitten in der Nacht in ein Haus einzubrechen, um dort eine Freundin aus der Gewalt eines gefährlichen Psychopathen zu befreien.

Dass Steffen ein Fotoalbum mit bearbeiteten Aufnahmen angelegt hatte, machte ihn vielleicht zu einem Fall für den Psychiater, aber noch lange nicht zu einem Kriminellen. Wenn sie noch einen Funken Verstand hatte, sollte sie sofort wieder in ihren Wagen steigen und nach Oldenburg zurückkehren. Da die Vernunft und Ricarda aber noch nie gut miteinander ausgekommen waren, ging sie auf das Haupthaus zu und drückte gegen den Holzgriff. Die Tür war abgeschlossen.

Vorsichtig schlich sie an der Hauswand entlang bis zum nächsten Fenster und lugte hinein. Da der Vorhang zugezogen war, konnte sie darin nichts erkennen. Nachdem sie das Gebäude zur Hälfte umrundet hatte, blickte sie in ein Fenster, durch das sie die Konturen eines Tisches und mehrerer Stühle sehen konnte und … war das eine Tasse? Sie presste die Nase an das kalte Glas, um den Gegenstand auf dem Tisch so genau wie möglich zu betrachten. Wahrscheinlich stand er schon seit langer Zeit dort, weil jemand bei seinem letzten Besuch nicht vernünftig aufgeräumt hatte.

Ricarda trat einen Schritt zur Seite und drückte die Klinke der neben dem Fenster befindlichen Tür, die zum hinteren Teil des Hofes führte, nach unten. Zu ihrer Überraschung ließ sich diese öffnen. Ricarda lauschte.

In dem Haus war es so ruhig, als wäre das Gebäude ein gefährliches Raubtier, das den Atem anhielt. Vorsichtig drückte Ricarda die Tür immer weiter auf. Als die Scharniere leise quietschten, zuckte sie zusammen. Da sich aber auch nach dem Geräusch nichts rührte, trat sie in eine alte Bauernküche. Dort fischte sie ihr Handy aus der Tasche. Auch wenn die Taschenlampenfunktion viel Energie verbrauchte, schaltete sie diese ein, um sich im Raum orientieren zu können.

Rechts von ihr war der Tisch, an dem vier Stühle mit Korbgeflecht standen. Sie leuchtete auf die Tasse, die noch zu einem Viertel gefüllt war. Danach drehte sie sich um und ließ den Blick über einen alten Bauernschrank schweifen.

Es war eines jener handgefertigten Möbelstücke, die auf Internetauktionen inzwischen als Antiquitäten verkauft wurden. Sie richtete ihren Lichtstrahl auf den Boden davor und runzelte die Stirn. Waren das etwa Brotkrümel?

Sie bückte sich und betrachtete diese genauer. Als sie mit den Fingern darüber fuhr, stellte sie fest, dass diese noch weich waren. Demnach konnten sie noch nicht lange hier liegen.

Ricarda richtete sich wieder auf und öffnete eine der Schranktüren. Eine Packung Müsli stand neben einem Korb mit zwei Brötchen und einem Glas Erdbeermarmelade. Dahinter erkannte sie Honig und …

Ein Brummen an der gegenüberliegenden Seite des Raums, die sie sich bisher noch nicht angesehen hatte, ließ sie vor Schreck aufschreien. Mit klopfendem Herzen drehte sie sich um und richtete das Licht auf einen Kühlschrank. Erleichtert atmete sie aus, ging zu dem klobigen Gerät, das bestimmt zwanzig Jahre alt war, und öffnete es. Darin befanden sich Wurst- und Käsepackungen. Sie nahm eine heraus und sah sie sich genauer an. Zu ihrer Überraschung war das Verfallsdatum erst in der kommenden Woche. Demnach hatte jemand frische Sachen eingekauft! Einer Eingebung folgend ging sie zum Tisch und tunkte den Zeigefinger in die Tasse. Das Getränk war noch lauwarm.

»Bitte entschuldige, dass ich keinen frischen Tee gemacht habe. Ich hatte keinen Besuch erwartet!«

Ricarda fuhr herum. Steffen stand in einer Tür, die wahrscheinlich in den Flur führte. Er trug ein Baumwollhemd über einer Jeans, aus der seine nackten Füße herausschauten. Für einen Augenblick war sie wie gelähmt. Dann rannte sie zur Tür, die nach draußen führte. Wenn sie es bis zum Wagen schaffte …

101

Ricarda schaffte es nicht.

Als sie die Tür aufriss, war Steffen schon bei ihr und packte sie am Arm.

»Du gehst nirgendwohin!«

»Lass mich sofort los!«

»Das werde ich sicher nicht tun. Was willst du hier?« Statt einer Antwort nahm Ricarda das Handy und hielt ihm das gleißend helle Licht direkt vor die Augen. Sekundenbruchteile später trat sie ihm mit dem Absatz ihres rechten Schuhs auf die Zehen. Er schrie auf und lockerte seinen Griff etwas. Ricarda nutzte den Moment, riss sich los und stieß die Tür auf. So schnell sie konnte, rannte sie aus dem Haus.

Obwohl ihr Fahrzeug keine zehn Meter von ihr entfernt auf dem Hof stand, schien es unendlich weit weg zu sein. Im Laufen griff sie mit der rechten Hand in die Hosentasche, in die sie den Wagenschlüssel gesteckt hatte. Dabei rutschte ihr das Handy aus der Hand und fiel mit dem Display nach unten neben Löwenzahn und Grasbüschel, die aus den Ritzen wuchsen und die Steine mit ihren Wurzeln nach oben drückten.

Im ersten Moment wollte sie sich danach bücken, ohne das Gerät konnte sie schließlich keine Hilfe holen. Wenn sie es jetzt aber aufhob, würde Steffen sofort bei ihr sein und jede Hilfe zu spät kommen.

Als sie hinter sich von Schmerzenslauten begleitete Schritte hörte, rannte sie noch schneller. Eine Armlänge vor ihrem heißgeliebten *Frosch* hatte sie den Schlüssel endlich in der Hand. »Jetzt mach schon«, spornte Ricarda sich selbst an, als sie die Tür aufriss, die sie zum Glück nicht abgeschlossen hatte. Panisch ließ sie sich auf den Fahrersitz fallen, während sie gleichzeitig versuchte, den Schlüssel ins Zündschloss zu stecken. Bei den fahrigen Bewegungen verkantete sich der Schlüssel und rutschte ab. Im letzten Moment konnte sie noch verhindern, dass er in den Fußraum fiel.

In den Sekunden, in denen sie sich auf das Starten des Motors konzentriert hatte, war Steffen ihr humpelnd bis zum Wagen gefolgt. In seiner Wut griff er nach der Fahrertür, die sie gerade hinter sich schließen wollte, und riss sie auf. Sein Arm schnellte mit der Geschwindigkeit einer angreifenden Schlange vor. Die Finger legten sich um ihren Hals und drückten zu. Trotz der aufsteigenden Panik unternahm Ricarda einen weiteren Versuch, den Wagen zu starten. Als der Schlüssel wie von selbst in das Zündschloss glitt, rammte sie die Füße auf Kupplung und Gas und drehte ihn nach rechts. Der Motor jaulte auf wie ein getretener Hund. Der grüne Käfer machte wie ein Frosch einen Satz nach vorne und ... blieb stehen.

Steffen, der sie rechtzeitig losgelassen hatte, war bei ihr, bevor sie die Wagentür schließen konnte. Als er Ricarda gewaltsam aus ihrem Wagen zerrte, hatte sie keinen Zweifel daran, dass sie ihre letzte Fahrt gemacht hatte.

Augenblicke später hatte er ihr den rechten Arm auf den Rücken gedreht und schob sie Richtung Küchentür.

»Für wie dämlich hältst du mich eigentlich?« Er stieß sie ins Haus, verschloss die Tür hinter ihr und grinste sie herablassend an. »Glaubst du wirklich, dass ich dich trotz der ausgeschalteten Scheinwerfer nicht bemerkt habe? Wenn du dich das nächste Mal anschleichen willst, solltest du auch an die Bremslichter denken. Außerdem ist der Motor kilometerweit zu hören. Ich habe die Küchentür extra für dich aufgeschlossen. Du verstehst aber hoffentlich, dass ich dich nie wieder gehen lassen kann. Jedenfalls nicht lebend«, fügte er mit einem breiten Grinsen hinzu.

»Wo ist Henrike? Hast du sie umgebracht?«, stieß Ricarda hervor und sah sich in der Küche um. Zu ihrem Bedauern lag aber kein Messer im Spülbecken. Sie konnte auch keine Schere oder einen anderen Gegenstand sehen, den sie als Waffe gegen ihn verwenden konnte.

»Sie ist zu mir zurückgekehrt. Ich habe ihr verziehen. Wie du siehst, ist also alles in bester Ordnung.«

»Ist sie hier?«

»Willst du sie begrüßen?«

Statt einer Antwort nickte Ricarda. Die Bestätigung, dass ihre Freundin noch lebte, gab ihr neue Kraft. Sie konnte Henrike noch retten.

Als Steffen auf sie zuging, griff Ricarda nach der Tasse auf dem Tisch und warf sie nach ihm, doch er duckte sich rechtzeitig. Das Geschirr krachte an die Wand und zerbrach dort. Scherben fielen zu Boden. Der noch darin befindliche Tee hinterließ einen Fleck auf der Tapete.

»Du bist zu langsam!«, lästerte Steffen, als er sie packte und zu Boden stieß. Kurz darauf hatte er eine Rolle Paketband aus dem Küchenschrank geholt und ihr die Hände auf den Rücken gebunden. »So gefällst du mir schon viel besser! Willst du deiner Freundin jetzt *Hallo* sagen?«

Bevor Ricarda antworten konnte, ergriff er ihren Arm und schob sie aus der Küche über den Flur in einen anderen Raum.

»Mein Schatz, wir haben Besuch!«

Steffen knipste das Licht an. Eine alte Deckenlampe warf kränkliches gelbes Licht auf ein Bett. Das Bild, das sich ihr nun bot, kam Ricarda vor wie ein böser Traum. Sie schloss die Augen, als wäre es nur eine Wahnvorstellung. Doch als sie ihre Lider wieder öffnete, wusste sie, dass sie keine Vision gehabt hatte. Die Wirklichkeit war schlimmer als jede Fantasie.

»Henrike! Ich wusste, dass du dich nicht umgebracht hast!«

Steffen lachte leise. »Im Gegensatz zu dir wird sie auch weiterleben.«

»Lass Ricarda gehen«, bat Henrike und sah ihren Peiniger direkt an. »Sie hat mit der Sache nichts zu tun.«

»Falsch. Sie *hatte* nichts damit zu tun. In unserem Leben ist kein Platz für sie.«

»Sie wird dich nicht verraten!«, beschwor ihn Henrike.

»Sie wird sofort die Polizei verständigen.«

»Das habe ich bereits getan«, warf Ricarda ein. »Die Beamten müssen jeden Moment hier sein.« Sie sah Steffen furchtlos an. Im Angesicht des Todes hatte sie seltsamerweise keine Angst mehr.

»Du bluffst doch nur! Wahrscheinlich hast du deine Nase in Angelegenheiten gesteckt, die dich nichts angehen. Bist du heute in meiner Wohnung gewesen? Timo hat mir eine Nachricht geschickt, nachdem er den Einbruch über den Notruf gemeldet hat.«

Ricarda nickte. »Ich habe dein Fotoalbum mit den gefälschten Aufnahmen gefunden. Ich habe es bei der Polizei abgegeben.«

Steffen schnaubte. »Du lügst. Ich denke, dass du deine Beute erst einmal in Sicherheit gebracht hast. Wenn du das Fotoalbum zu den Bullen gebracht hättest, wären sie längst hier.«

»Dein Freund hat mir von dem falschen Alibi erzählt. Die Polizei weiß auch davon.«

»Und wenn schon! Timo hat keine Ahnung, dass ich …«

»… die Joggerin getötet habe!«, beendete Henrike den Satz. »Er hat Dennis den Mord in die Schuhe geschoben und meinen Selbstmord inszeniert, damit niemand nach mir sucht!«

»Dein Plan hat nicht funktioniert, Steffen. Ich habe Henrike trotzdem gefunden.«

»Du wirst die Einzige sein! Los jetzt!« Er packte Ricardas Arm und schob sie aus dem Zimmer.

»Töte sie nicht!«, rief ihm Henrike nach. Aber sie wusste, dass Steffen keine Gnade kannte.

Schlüsselbund

Oldenburg, September

Nach dem Gespräch mit Ricarda knallte Joost die Tür zu seiner Wohnung wütend hinter sich zu und lief im Wohnzimmer auf und ab wie ein Raubtier in seinem Zoogehege. In den letzten Tagen war seine Nachbarin wie ein Sturm durch sein Leben gefegt und hatte dabei eine Spur emotionaler Verwüstung hinterlassen. Wenn er sie wegen des Einbruchs nicht sofort anzeigte, deckte er sogar eine Kriminelle! Ohne dass es ihm bewusst war, ballte Joost die Hände so fest zu Fäusten, bis die Knöchel weiß hervortraten. Warum begriff die blöde Kuh denn nicht, dass er ihr helfen wollte? Wenn sie allein zu dem Bauernhof fuhr, brachte sie sich möglicherweise noch in Gefahr. Aber das war nicht sein Problem. Schließlich war sie eine erwachsene Frau, die ihre eigenen Entscheidungen fällte! Er hatte nichts mit ihr zu tun!

Mit dem festen Vorsatz, sich nicht weiter über seine Nachbarin zu ärgern, schlüpfte Joost unter seine Bettdecke. Als er am nächsten Morgen wieder aufstand, war er vollkommen gerädert, da er keinen Schlaf gefunden hatte. Nach einer schnellen Dusche machte er sich einen Kaffee, der so stark war, dass er auch Tote aufwecken konnte. Während er das schwarze Gebräu in kleinen Schlucken trank, sah er sich auf seinem Tablet die Nachrichten an. Entgegen seiner sonstigen Gewohnheit interessierte er sich an diesem Morgen weniger für die Weltpolitik, sondern mehr für die lokale Berichterstattung. Als er keine Artikel fand, die er mit Ricarda in Verbindung bringen konnte, atmete er erleichtert auf und legte das Gerät zur Seite. Er trank seinen Kaffee aus und machte sich auf den Weg zur Arbeit. Dort wurde er von seinem Vorgesetzten bereits erwartet.

»Können Sie mir sagen, was Sie gestern in dem Seniorenpark in Norden gemacht haben?«, wollte dieser von ihm wissen. »Wenn die alte Frau nicht in der Polizeiinspektion Norden angerufen und nach Ihnen gefragt hätte, wüsste ich nicht einmal etwas von Ihrem Alleingang.«

Joost seufzte.»Ich habe Informationen über den Fall der verschwundenen Henrike Sattler eingeholt.«

»Sie wissen genau, dass dafür die Kollegen vor Ort zuständig sind. Außerdem hatten Sie sich vor der Befragung bei mir vom Dienst abgemeldet. Warum belästigen Sie in Ihrer Freizeit alte Frauen?«

»Bei meinen Recherchen bin ich auf die Mutter von Steffen Döpker gestoßen, die ...«

»Herzlichen Glückwunsch, Sherlock! Die Mutter eines unbescholtenen Bürgers zu finden, ist wahrlich eine Herausforderung«, unterbrach Sebastian Gernbauer ihn verächtlich.»Hatte ich Ihnen nicht gesagt, dass Sie in dem Fall der getöteten Joggerin nicht mehr ermitteln sollen?«

»Das habe ich nicht getan«, rechtfertigte sich Joost.»Ich wollte den Freitod der Schauspielerin aufklären.«

»Seit wann sind wir für Selbstmorde zuständig?«

»Vielleicht hat sie sich nicht ertränkt.«

»Wie viele Frauen kennen Sie, die sich an einem September-abend am Strand ausziehen, um dann splitternackt ohne Handy und Geldbörse zu verschwinden?« Sein Chef sah ihn herausfordernd an.

»Wir haben es hier möglicherweise mit einem vorgetäuschten Suizid zu tun, Herr Gernbauer. Henrike Sattler könnte entführt worden sein und ...«

»Ich will von diesem Blödsinn nichts mehr hören. Wir sind hier doch nicht bei Akte X.«

»Ich wollte doch nur ...«

»Was Sie wollen, ist mir vollkommen egal. Wir haben hier Regeln, an die sich alle Polizisten halten müssen. Haben Sie neuerdings ein Problem damit?«

»Natürlich nicht.«

»Dann machen Sie sich jetzt an die Arbeit. Gestern Abend wurde im Uhlhornsweg ein Einbruch gemeldet. Die Kollegen von der Spurensicherung waren bereits da. Ich erwarte, dass Sie sich den Tatort ansehen und mir den Täter liefern, damit ich ihn bei der nächsten Pressekonferenz präsentieren kann.«

»Die ist doch schon morgen Nachmittag.«

»Das ist richtig. Sollten Sie den Fall bis dahin nicht aufgeklärt haben, werden Sie eine ganze Weile die Akten im Archiv sortieren. Haben Sie mich verstanden?«

Joosts Augen weiteten sich. »Das können Sie nicht machen!«

»Sagen Sie mir nie wieder, was ich machen kann und was nicht!« Sebastian Gernbauer schrie Joost nun so laut an, dass dessen Partner Martin Flerker, der gerade das Büro betrat, erschrocken zusammenzuckte.

»Dicke Luft?«, wollte er wissen, nachdem ihr Vorgesetzter aus dem Büro gestampft war. Joost nickte.

»Ich habe gestern auf eigene Faust wegen der verschwundenen Schauspielerin recherchiert. Das hat ihm nicht gepasst.«

»Du weißt doch, dass er ein Kontrollfreak ist. Warum machst du auch so einen Unfug? Bisher hast du dich doch immer an die Spielregeln gehalten.«

Joost hob in einer hilflosen Geste die Hände. Er konnte ihm unmöglich von den wirren Mordtheorien seiner Nachbarin erzählen, ohne sich damit lächerlich zu machen. Ab sofort würde er wieder nach Vorschrift arbeiten. Wenn er Ricarda als Einbrecherin festnahm, konnte er seinen Vorgesetzten damit hoffentlich wieder beruhigen. Da er wusste, wo sie die Fingerabdrücke hinterlassen hatte, würde er den Fall schnell aufklären können.

***

Während Joost von seinem Vorgesetzten für sein Verhalten zurechtgewiesen wurde, stand Timo Rüdebusch vor dem verschlossenen Schrank in der Schreinerei des Staatstheaters und ärgerte sich über den Idioten, der die verbeulte Tür verschlossen hatte. Dabei wusste doch jeder, dass das Schloss wegen der fehlenden Schlüssel niemals einrasten durfte.

»Beeil dich gefälligst! Ich brauche den Leim heute noch!«, wies ihn sein Chef an.

»Der Sch-schrank ist z-z-zu!«, antwortete Timo.

»Warum holst du dann nicht einfach einen Schlüssel?«

»Der ist v-v-verschw-wunden.«

»Das weiß ich doch. Steffen muss irgendwo einen Ersatzschlüssel haben.«

»Der i-ist k-k-krank.«

»Meines Wissens sind die Zweitschlüssel in seinem Büro. Los jetzt, worauf wartest du?«

Timo machte sich sofort auf den Weg. Der Alte hatte heute wieder richtig schlechte Laune. Aus Erfahrung wusste er, dass man ihm dann besser aus dem Weg ging.

Nach dem Einbruch machte sich Timo noch größere Sorgen um seinen Freund, der seit der Krankmeldung einfach verschwunden war und bisher auf keine seiner Nachrichten reagiert hatte. Bis zum Eintreffen der Polizei hatte er unschlüssig vor dem Haus gestanden. Trotz der Gedanken an einen verletzten Steffen, der blutend auf dem Boden lag, hatte er die Wohnung nicht betreten können. Zum Glück schien er bei dem Einbruch aber nicht in der Wohnung gewesen zu sein.

Die Tür von Steffens Büro stand offen. Jemand hatte ihm die heutige Ausgabe der Nordwest-Zeitung auf den Schreibtisch gelegt, auf der Titelseite war das Bild eines Schlüsselbundes zu sehen. Auch wenn es offensichtlich aus einem Foto ausgeschnitten und etwas unscharf war, konnte er die Schramme auf dem größeren der beiden Schlüssel, die an einem rosafarbenen Ring hingen, deutlich erkennen. Timo griff nach der Zeitung und las sich den dazugehörenden Bericht durch. Demnach hatte der Bruder der ermordeten Joggerin bei den Handyaufnahmen das Bild einer privaten Party gefunden, bei der der Schlüsselbund auf dem Tisch gelegen hatte. Mit diesem Foto bat die Polizei die Bevölkerung nun um ihre Mithilfe bei der Aufklärung des Mordfalls, denn der Schlüssel war das letzte noch fehlende Beweisstück im Verfahren gegen Dennis Sattler.

Timo legte die Zeitung wieder auf den Schreibtisch, auf dem sich auch die Tagespost stapelte, und sah sich im Büro um.

Wo konnte Steffen die Ersatzschlüssel aufbewahren? Wenn sein Freund erfuhr, dass er in seinem Büro gewesen war, würde er ziemlich sauer werden. Er mochte es nicht, wenn jemand seine Nase in Dinge steckte, die ihn nichts angingen. Wenn Timo jetzt aber ohne Schlüssel in der Schreinerei auftauchte, würde sein

Chef einen Tobsuchtsanfall bekommen, weil der Bühnenaufbau bis zur Vorstellung am Abend fertig sein musste.

Nachdem Timo den Schrank durchsucht hatte, öffnete er die Schreibtischschubladen. Als er in der unteren Schublade ein Sammelsurium an Schlüsseln fand, stöhnte er auf. Wie sollte er in diesem Durcheinander den gesuchten finden, wenn alle gleich aussahen?

In der Hoffnung, dass er einen Anhänger mit Beschriftung hatte, sortierte Timo zunächst alle Schlüssel aus, die er nicht zuordnen konnte. Zwanzig Metallstücke lagen schon auf der Tischplatte, als er auf einmal einen rosafarbenen Ring in der Hand hielt. Timo stutzte und griff nach der Nordwest-Zeitung auf dem Schreibtisch. Der größere Schlüssel hatte die gleiche Schramme wie auf dem Zeitungsbild. Das konnte doch nur ein Zufall sein. *Aber ... was, wenn nicht?*

Timo ließ den Schlüssel fallen, als wäre er plötzlich glühend heiß. Wenn dieser ein Beweisstück in einem Mordfall war, hatte er nun seine Fingerabdrücke darauf hinterlassen. Damit würde man ihn verdächtigen. Hatte ihn der Täter in Steffens Schublade gelegt, um den Verdacht von sich abzulenken? Hatte es vielleicht etwas mit dem falschen Alibi zu tun, das er ihm gegeben hatte? *War Steffen ein Mörder?*

Das konnte unmöglich sein. Timo steckte den Schlüssel ein. Er musste in Ruhe nachdenken, was er damit machen konnte. Schließlich wollte er den Verdacht weder auf sich noch auf Steffen lenken. Bevor er etwas unternahm, musste er erst einmal mit ihm reden. Timo kramte das Handy aus seiner Hose und hinterließ seinem Freund eine weitere Meldung auf der Mailbox.

Ostfriesland, September 2017

Steffen warf am frühen Morgen einen Blick auf sein Handy. Zu seiner Verwunderung hatte ihm Timo heute noch keine Sprachnachricht hinterlassen. Bisher hatte er auf keine seiner Mitteilungen reagiert, weil er keine Lust hatte, sich das dämliche Gestottere anzuhören. Zudem musste er ihn so schnell wie möglich zum Schweigen bringen, da Steffen nicht sicher sein konnte, ob er nur Ricarda von dem falschen Alibi erzählt hatte. Der Kerl war wie eine lebende Zeitbombe, die jederzeit explodieren konnte.

Auch wenn es sich bei dem Unbekannten, der einige Stunden vor Ricardas Erscheinen bei ihm gewesen war, wahrscheinlich nur um einen harmlosen Urlauber oder Nachbarn handelte, musste er besonders vorsichtig sein. Nach dem Mord an der Joggerin und Henrikes Entführung hatte er sich ursprünglich vollständig hierher zurückziehen wollen. Nun musste er auch noch Ricarda und Timo beseitigen, ohne dass der Verdacht auf ihn fiel.

Steffen rief über das mobile Internet seines Smartphones die Website der Nordwest-Zeitung auf und scrollte sich durch die regionalen Nachrichten. Als er den Schlüssel der Joggerin in Großaufnahme auf dem Titelblatt sah, wäre ihm das Gerät beinahe vor Schreck aus der Hand gefallen. Auch wenn das Beweisstück unter den anderen Schlüsseln in der Schublade seines Schreibtisches so wenig auffallen würde wie ein einzelnes Schaf in einer Herde, sollte er es besser schnellstens loswerden. Zuvor musste er aber noch dafür sorgen, dass in diesem Haus nichts an die gefangenen Frauen erinnerte.

Bis zum Nachmittag riss er alle Bilder von den Wänden und verbrannte die Aufnahmen von Henrike in einer im Hof stehenden Stahltonne. Da er sie nun jeden Tag nicht nur sehen, sondern auch *fühlen* konnte, brauchte er die Fotos nicht mehr.

Nachdem er alle Spuren ihrer Anwesenheit beseitigt hatte, fuhr er Ricardas VW Käfer, dessen Schlüssel noch immer im Schloss steckte, in die Scheune und verbarg ihn hinter Heuballen. Ursprünglich hatte er die Karre in einem nahe gelegenen Kanal versenken wollen. Da er dann aber nicht mehr nach Hause gekommen wäre, musste er das Auto zunächst auf dem Hof verstecken.

»Wie war euer Tag?«

Grinsend öffnete Steffen die Tür zum Schlafzimmer und sah von der noch immer ans Bett gefesselten Henrike zu Ricarda, die er wie einen Hund an der Heizung angebunden hatte. Mit ihren auf dem Rücken verklebten Händen konnte sie ihm nicht mehr gefährlich werden.

»Wenn du mich wirklich liebst, lässt du uns gehen!«, beschwor ihn Henrike.

Steffen schüttelte den Kopf. »Wir gehören zusammen.«

»Lass Henrike sofort frei!«

»Ich denke nicht, dass du mir in deiner Lage Befehle erteilen kannst.«

Steffen ging zu Ricarda und beugte sich über sie. Als die Klinge eines Messers in seiner Hand aufblitzte, schrie Henrike entsetzt auf.

»Keine Sorge, mein Schatz«, beruhigte er sie. »Ich werde sie noch nicht töten.«

Er zerschnitt den Strick, mit dem er Ricarda an die Heizung gebunden hatte, packte sie an den Schultern und hob sie mit den noch immer auf den Rücken gefesselten Händen hoch, als die Beine unter ihr wegknickten. In der knienden Position, in der sie die letzten Stunden ausgeharrt hatte, waren die Muskeln zu wenig durchblutet worden.

»Steh auf!«, schrie er sie an.

Auf wackeligen Beinen, die jederzeit erneut unter ihr nachzugeben drohten, richtete sich Ricarda auf. Da sie keinesfalls herausfinden wollte, wozu Steffen in einem Wutanfall fähig war, ließ sie sich von ihm aus dem Schlafzimmer in die Küche führen. Neben dem zur Seite geschobenen Kühlschrank sah sie eine geöffnete Bodenklappe.

»Runter da!«, befahl Steffen.

An der Einstiegsluke konnte sie durch den Lichteinfall die Konturen einer Kammer mit niedriger Decke erkennen, die etwa drei Meter lang und knapp zwei Meter breit war. Stahlregale befanden sich an den Wänden. Eine steile Holztreppe führte hinab.

»Bitte ... nicht.«

Statt einer Antwort schob er Ricarda auf das dunkle Loch zu. Wenn sie nicht fallen wollte, musste sie einen Fuß auf die oberste Stufe setzen. Wenig später stand sie auf einem aus Steinfliesen bestehenden Boden.

»Setz dich da hin!« Steffen wies auf das rechte Regal. Kurz darauf band er sie mit dem Paketband an den metallischen Streben fest und verließ das unterirdische Verlies, um auch Henrike zu holen. Nachdem er sie an das gegenüberliegende Regal gefesselt hatte, ließ er jede von ihnen noch einmal aus einer Wasserflasche trinken.

»Ich muss euch nun eine Weile allein lassen. Wenn ich aus Oldenburg zurückkehre, werde ich Ricarda töten müssen. Bis dahin könnt ihr voneinander Abschied nehmen!«

Mit diesen Worten ging Steffen über die Treppe nach oben und verschloss die Luke. Dann schob er den Kühlschrank darauf und rieb sich zufrieden die Hände. Nach einem letzten Rundgang durch das Haus, bei dem er sich noch einmal vergewisserte, dass er nichts übersehen hatte, verschloss er die Tür und fuhr mit seinem Passat nach Oldenburg.

Am frühen Abend fuhr er den Wagen auf den Parkplatz des Alten Gymnasiums, der sich direkt gegenüber dem Oldenburgischen Staatstheater befand. Bevor er das Gebäude durch den Hintereingang betrat, unterhielt er sich einen Moment mit dem Pförtner, wie er es immer tat.

Steffen durfte sich auf keinen Fall verdächtig verhalten, auch wenn er am liebsten sofort in sein Büro gestürmt wäre und den Schlüssel aus der Schublade genommen hätte. In dieser Nacht würde er ihn in den Küstenkanal werfen und sich anschließend um seinen geschwätzigen Freund Timo kümmern.

Endlich konnte er das Gespräch mit dem Pförtner beenden und in sein Büro gehen. Er schloss die Tür hinter sich, öffnete mit zitternden Fingern die unterste Schublade seines Schreibtischs und wühlte darin herum. Als er den gesuchten Schlüsselbund nicht auf Anhieb finden konnte, räumte er die Schublade aus und breitete den Inhalt auf der zerkratzten Tischplatte aus. Aber der Schlüsselbund blieb verschwunden.

»Das darf doch nicht wahr sein!«, murmelte er ungläubig vor sich hin.

Auch wenn er in seiner Wut am liebsten die Einrichtung zertrümmert hätte, zwang er sich zur Ruhe und dachte nach. Ricarda wusste von seinem falschen Alibi und dem Fotoalbum.

Es war allerdings unwahrscheinlich, dass sie auch den Schlüsselbund gefunden hatte, denn sie hätte sein Büro kaum unbemerkt betreten können. Nur ein Mitarbeiter konnte sich hier aufhalten, ohne Aufmerksamkeit zu erregen. Hatte Timo den Schlüsselbund an sich genommen? Da er ihn ohnehin beseitigen wollte, würde er ihm nun einen Überraschungsbesuch abstatten. Aber bevor Steffen ihn ins Jenseits beförderte, wollte er in seiner eigenen Wohnung nachsehen, ob außer dem Fotoalbum noch andere Gegenstände verschwunden waren.

Kurz darauf schloss er die Tür auf und betrachtete das Chaos in seinen vier Wänden. Neben den Scherben der eingeschlagenen Terrassentür lagen Erdkrumen auf dem Boden im Wohnzimmer. Die Abdrücke verdreckter Schuhe zogen sich durch alle Räume. Der Schuhgröße nach gehörten sie wahrscheinlich zu den Polizisten der Spurensicherung, die auf der Suche nach Fingerabdrücken Türklinken, Lichtschalter und glatte Flächen mit einem schwarzen Zeug eingesaut hatten. Steffen würde eine Weile brauchen, bis er die Bude wieder auf Vordermann gebracht hatte. Nachdem er sich vergewissert hatte, dass außer dem Fotoalbum nichts gestohlen worden war, machte er sich auf den Weg zu Timo. Wenn dieser ihm alles erzählt hatte, würde er ihn für immer zum Schweigen bringen.

114

Bühne des Lebens

Oldenburg, September

Nach der Drohung seines Vorgesetzten überlegte Joost fieberhaft, wie er den gordischen Knoten zerschlagen konnte, ohne Ricarda wegen des Einbruchs verhaften zu müssen oder seine Karriere zu ruinieren. Wenn er Sebastian Gernbauer bis zur Pressekonferenz keinen Einbrecher für die Wohnung im Uhlhornsweg präsentierte, würde er für lange Zeit Akten sortieren. Nach dem Besuch von Steffens Mutter im Altenheim konnte er sich keinen weiteren Alleingang leisten.

Zukünftig musste er streng nach Vorschrift vorgehen und das … hätte er immer tun sollen!

Es war schon eine besondere Ironie des Schicksals, dass er sich ausgerechnet wegen seiner nervigen Nachbarin nicht an die Regeln gehalten hatte. Je mehr er Ricarda aber aus seinen Gedanken verbannen wollte, desto hartnäckiger schien sie sich darin einzunisten.

Was war nur mit ihm los? Warum war es plötzlich so schwer, *Recht* und *Unrecht* zu unterscheiden? Weshalb wollte er das *Falsche* tun, weil es sich mit einem Mal *richtig* anfühlte? Wieso verschwammen klare Grenzen nun zu Grauzonen, in denen alles möglich war?

»Schluss jetzt!«, rief er sich selbst zur Ordnung. Er bemerkte erst, dass er laut gesprochen hatte, als ihn sein Partner überrascht ansah.

»Alles in Ordnung?«, wollte dieser wissen.

»Mir geht es gut!«

»Ich habe mir die Untersuchungsergebnisse von dem Einbruch im Uhlhornsweg noch einmal angesehen.« Martin Flerker sah vom Monitor auf. »Leider habe ich keine verwertbare Spur gefunden. Wenn Kommissar Zufall uns nicht hilft, stehen wir mit leeren Händen da und du darfst Akten sortieren. Ist das arbeitsrechtlich überhaupt zulässig?«

»Das weiß ich doch nicht!«, knurrte Joost. »Der Boss wird für meine Strafversetzung schon ein gesetzliches Schlupfloch finden.«

»Damit hast du wahrscheinlich recht. Ist es okay, wenn ich jetzt Feierabend mache? Ich habe meine Freundin zum Essen eingeladen.«

»Selbstverständlich!«

Nachdem sein Kollege das gemeinsame Büro verlassen hatte, versuchte Joost erneut, Ricarda auf ihrem Handy zu erreichen. Die Nummer hatte sie ihm bei ihrem letzten Treffen gegeben. Aber es meldete sich wieder nur die Mailbox.

Auch wenn es viele logische Gründe dafür gab, dass seine Nachbarin nicht an ihr Handy ging, wurde Joost immer unruhiger. In seinem Kopf herrschte inzwischen ein heilloses Durcheinander. Er drückte die Handballen gegen die Schläfen. Aber das half nur bei den Kopfschmerzen, die er immer wieder bekam, wenn er zu viel arbeitete, und nicht gegen das emotionale Chaos in seinem Leben.

Bald konnte Joost keinen klaren Gedanken mehr fassen, also machte er sich auf den Heimweg. Auf der Fahrt musste er sich allerdings eingestehen, dass er nur nach Hause wollte, damit er dort nach Ricarda sehen konnte.

Da sie aber weder auf sein Klingeln noch auf einen weiteren Anruf reagierte, packte Joost kurz entschlossen seine Sportsachen und fuhr zum Fitnessstudio. Er hatte das Training in den letzten Tagen vernachlässigt. Es wurde Zeit, dass er endlich wieder Ordnung in sein Leben brachte!

Zwei Stunden später kehrte Joost in seine Wohnung zurück. Auch wenn er vollkommen erledigt war, weil er nach dem Gewichtstraining noch eine Stunde auf dem Laufband verbracht hatte, kreisten seine Gedanken noch immer um Ricarda wie Planeten um die Sonne. Dabei war sie doch nicht der Mittelpunkt seines Lebens, sondern ... *was?* Joost wusste es nicht.

Gedankenverloren trank er einen Proteinshake und aß zwei Bananen, bevor er auf die Uhr sah. Inzwischen war es kurz nach zehn. Die Stille in der Nachbarwohnung gefiel ihm nicht. Er hätte nie gedacht, dass er sich einmal über ihre Musik und das Knallen der Tür freuen würde. Vor allem aber über ihr Lachen, das er manchmal durch die Wände hören konnte.

Entschlossen klingelte er noch einmal bei Ricarda, aber sie öffnete nicht. Er rief ein weiteres Mal auf ihrem Handy an, auch dort meldete sich niemand. Ermattet kehrte er in seine Wohnung zurück und ließ sich in seinen Sessel fallen.

Sollte sie wirklich zum Bauernhof gefahren sein und seine Hilfe brauchen, musste er die Kollegen vor Ort benachrichtigen. Das konnte er aber nicht tun, ohne dass sein Chef davon erfuhr und ihm die Hölle heißmachte. Er konnte den Einsatz der Polizisten aus Norden nur dann rechtfertigen, wenn er Ricarda wegen des Einbruchs zur Fahndung ausschrieb. Zur Begründung konnte er die Fingerabdrücke aus der Wohnung angeben. Damit würde er aus ihr aber eine Kriminelle machen und das wollte er auf keinen Fall. Wenn er …

Seine Gedanken drehten sich wie ein Karussell im Kreis. Schneller, immer schneller, bis er abrupt aufsprang. Ohne weitere Überlegung griff er nach dem Wagenschlüssel, schnappte sich die Jacke und ging zu seinem Fahrzeug.

Wenig später raste er auf der fast leeren Autobahn Richtung Norden. Da die Adresse des Bauernhofs noch in seinem Navi eingespeichert war, verfuhr er sich auf dem Weg dorthin nicht. Vor der Scheune stellte er den Wagen ab und stieg aus.

Es war eine friedliche Nacht in Ostfriesland. Die Sterne funkelten an einem wolkenlosen Himmel und ein leichter Wind strich sanft über seine Haut. Im silbernen Licht des Mondes konnte er sich gut orientieren.

Joost sah sich um. Als er Ricardas Wagen nirgendwo erblicken konnte, atmete er erleichtert auf. Demnach waren seine Sorgen um sie offensichtlich unbegründet. Er ging zu einem der verdreckten Scheunenfenster und sah hinein, aber trotz des Mondscheins konnte er darin kaum etwas erkennen. Auch den Wagen nicht, der damals hier gestanden hatte. Zudem hatte jemand mit den Heuballen eine Art Wand gebaut. Aber das war schließlich kein Verbrechen.

117

Joost ging zum Haus und spähte auch dort durch die Fenster. In den Räumen konnte er die schattenhaften Umrisse der Möbel erkennen. Hier schien alles in Ordnung zu sein.

Erleichtert atmete Joost auf. Nun konnte er beruhigt wieder nach Oldenburg fahren. Schließlich hatte er alles unternommen, um Ricarda zu helfen.

Auf dem Weg zu seinem Wagen kramte er sein Handy aus der Hosentasche und drückte auf die Kurzwahltaste ihrer Nummer. Er hatte sein Fahrzeug fast erreicht, als er einen Klingelton hörte. Irritiert sah er sich um. Dann folgte er der immer gleichen Melodie bis zu einem Grasbüschel, das sich zusammen mit einem Löwenzahn durch die Ritzen der Steine gearbeitet hatte. Da das Smartphone mit dem Display nach unten lag, sah er es erst, als er direkt daneben stand.

Joost hob es auf und betrachtete es nachdenklich. Trotz des Sprungs, der den kleinen Bildschirm in einer Diagonalen durchzog, wurde ein ankommender Anruf mit seiner Nummer angezeigt. Joost beendete den Wählvorgang und steckte sein Handy in die Hosentasche. Er erinnerte sich daran, dass Ricarda bei seinem Besuch am gestrigen Abend einen Anruf weggedrückt hatte. Demnach musste sie in der Zwischenzeit hier gewesen sein. »Herzlichen Glückwunsch, Sherlock!«, kommentierte er seine Schlussfolgerung. Die entscheidende Frage war aber nicht, wo sie gestern gewesen war, sondern wo sie sich *jetzt* aufhielt. Wenn Steffen der Wagen, den er bei seinem letzten Besuch in der Scheune gesehen hatte, gehörte, konnte er Ricarda damit weggebracht haben, nachdem er sie ...

Darüber wollte Joost jetzt nicht nachdenken.

Er würde nun seine Kollegen aus Norden benachrichtigen. Den Wutanfall seines Chefs und die mögliche Degradierung musste er in Kauf nehmen.

Joost wollte gerade die Nummer der örtlichen Polizei wählen, als die Scheinwerfer eines näher kommenden Fahrzeugs die Dunkelheit zerschnitten. Wenig später stand er in dem Lichtkegel des Wagens, der gerade auf den Bauernhof gefahren war. Sekunden später erstarb der Motor. Das Licht erlosch. Ein Mann stieg aus.

***

Steffen war voller Wut zu dem alten Bauernhof zurückgerast, nachdem er Timo nicht zu Hause angetroffen hatte. Wahrscheinlich ließ er sich wieder in einer Kneipe volllaufen, um die Einsamkeit von seiner Seele zu spülen. Da der stotternde Idiot auch nicht auf seine Anrufe reagierte, hatte Steffen eine Weile vor seiner Wohnung gewartet. Da er aber nicht stundenlang untätig herumsitzen wollte, hatte er beschlossen, in dieser Nacht zunächst Ricarda zu beseitigen und sich erst danach um Timo zu kümmern.

Als er auf dem unbefestigten Weg zum Bauernhof fuhr, sah er ein fremdes Fahrzeug auf dem Hof stehen. Wenige Augenblicke später erfassten die Scheinwerfer einen der Bullen, die ihn nach dem Mord an der Joggerin im Theater verhört hatten.

Erst wollte er wenden und fliehen. Wenn ihm die Polizei aber auf die Schliche gekommen war und ihn festnehmen wollte, wäre sie bestimmt mit einer Einheit angerückt. Zudem schien der Kerl nicht im Dienst zu sein, denn er trug keine Uniform und war offensichtlich mit seinem Privatwagen hergekommen. Bevor er abhaute, wollte er zunächst wissen, warum der Kerl hier war.

Steffen stellte den Passat so dicht neben dem anderen Auto ab, dass die Fahrertür nicht mehr geöffnet werden konnte, und stieg aus. Wenn er jetzt eine überzeugende Vorstellung als Schauspieler bot, bekam er vielleicht die Antworten auf seine Fragen.

»Moin«, begrüßte er den Polizisten. »Was führt Sie zu so später Stunde zu mir?«

»Was machen Sie hier?«, bekam er statt einer Antwort zu hören.

»Das ist das Haus meiner Mutter. Ich ziehe mich immer wieder hierhin zurück. Ist das etwa ein Verbrechen?« Steffen ließ in seiner Stimme eine unheilvolle Drohung mitschwingen.

»Natürlich nicht. Ich suche jemanden. Kennen Sie zufällig eine Ricarda Albers?«

Die Frage traf Steffen wie ein harter Punch. Leugnen brachte wahrscheinlich kaum etwas, da der Polizist bestimmt nicht mitten in der Nacht hergefahren war, wenn er keinen guten Grund dazu hatte.

»Natürlich. Sie ist eine gute Freundin. Kommen Sie.«

An dem überraschten Gesichtsausdruck erkannte Steffen, dass sein ungebetener Besucher mit dieser Antwort nicht gerechnet hatte.

»Ist sie bei Ihnen?«

»Wir treffen uns oft hier. Nachdem Henrike vor vielen Jahren nach München gegangen ist, sind wir uns … sagen wir … nähergekommen. Worum geht es denn?«

»Ich wollte nur wissen, ob mit ihr alles in Ordnung ist.«

»Sie ist wegen des Selbstmordes ihrer Freundin ziemlich durch den Wind. Aber das kann sie Ihnen selbst sagen. Kommen Sie doch einfach rein.«

Als Steffen die Haustür aufschließen wollte, zitterte seine Hand so sehr, dass er mehrere Versuche brauchte, um den Schlüssel in das Schloss zu stecken. Glückerweise stand der Polizist hinter ihm, sodass der seine Anspannung nicht bemerkte.

»Ist Ricarda wirklich bei Ihnen?«

»Warum sollte sie nicht bei mir sein?«, antwortete Steffen, während er die Tür öffnete. »Wollen Sie ein Bier? Ich genehmige mir jetzt eine Flasche. War ein harter Tag heute.« Steffen knipste das Licht in der Küche an, ging zum Kühlschrank, der auf der Bodenklappe stand, und nahm zwei Bierflaschen heraus.

»Wo ist Ricarda denn?«, fragte der Polizist und folgte ihm zögernd hinein.

»Sie wird im Wohnzimmer sein.« Mit einem Kopfnicken deutete Steffen auf die Tür, die in den Flur führte. Während er die Bierflaschen aus dem Kühlschrank nahm, suchte er fieberhaft nach einem Ausweg. Aus den Augenwinkeln sah er, dass der Polizist einen Moment lang unschlüssig in der Eingangstür stand. Er konnte das Misstrauen des Mannes förmlich riechen. Er musste es zu Ende bringen. Jetzt.

Mit einem aufgesetzten Grinsen drehte er sich zu ihm um. »Ihr Bier!«

Steffen warf dem Polizisten eine der Flaschen zu. Während sein ungebetener Besuch diese instinktiv auffing, schwang er die andere wie eine Keule und hieb sie ihm mit voller Wucht auf den Kopf. Obwohl sein Gegner den Arm im letzten Moment hochriss, konnte er den Schlag nicht mehr abblocken. Die Bierflasche zerbrach, Blut rann aus einer Platzwunde. Stöhnend ging der Polizist in die Knie und sah Steffen einen Moment lang ungläubig an. Dann brach er zusammen und blieb reglos vor ihm liegen.

Steffen verlor keine Zeit. Sofort fesselte er ihm mit dem Paketband, das er in der Schublade des Küchenschranks aufbewahrte, die Hände auf den Rücken, schob den Kühlschrank zur Seite und öffnete die Bodenklappe.

Ricarda sah zu ihm auf. Henrikes Kopf war auf die Brust gesunken. Einen grauenvollen Moment lang dachte Steffen, dass sie bereits gestorben war. Mit ihrem Tod wären die jahrelangen Vorbereitungen vollkommen umsonst gewesen. Als sie ihn aber wenige Sekunden später ebenfalls anblickte, nickte er kaum merklich. In wenigen Minuten würde ihre letzte Aufführung beginnen.

Der Besuch des Polizisten hatte alles verändert.

Auch wenn Steffen keine Ahnung hatte, warum der Kerl wirklich hier war und was seine Kollegen bereits wussten, begriff er doch, dass der Traum von einem gemeinsamen Leben mit Henrike geplatzt war wie eine Seifenblase. Ricarda und Timo hätte er vielleicht noch unbemerkt töten können, aber mit dem Mord an einem Polizisten würde er auf keinen Fall ungestraft davonkommen.

Da er für die Flucht in ein anderes Land nicht genug Geld hatte, würden Henrike und er in dieser Nacht ihre letzte Vorstellung geben. Wenn andere Beamte auf dem Bauernhof aufkreuzten, würden sie auf der Bühne in der Scheune zwei Liebende entdecken, die im Leben nicht zueinandergefunden hatten und erst im Tod vereint waren.

Das Gift hatte er sich schon vor langer Zeit besorgt. Bei ihrer letzten Aufführung von *Romeo und Julia* würde sich in dem Krug daher kein Traubensaft, sondern ein tödliches Gebräu befinden.

Steffen zog den Polizisten zur Luke und ließ ihn mit den Füßen voran fallen. Die steile Leiter wie eine Rutschbahn nutzend, rauschte der leblose Körper knapp zwei Meter in die Tiefe. Als er wie eine kaputte Puppe auf den Steinfliesen liegen blieb, schrie Ricarda auf.

»Ist er tot?«, wollte sie von ihm wissen.

»Noch nicht!« Steffen ging in den Keller. Dort beugte er sich über Henrike.

»Was hast du vor?«, fragte sie mit vor Angst zitternder Stimme.

»Wir werden noch einmal zusammen auf der Bühne stehen.«

»Bühne? Welche Bühne?«

»Das wirst du schon sehen.«

Nachdem Steffen den Polizisten in sitzender Position neben Henrike an die Regalverstrebungen gefesselt hatte, nahm er eine Kerze aus einer Kiste und stellte sie auf die erste Stufe der Treppe. Er zündete den Docht an, zückte ein Messer und zerschnitt damit Henrikes Fesseln.

»Mit dem Kerzenlicht möchte ich euch die letzten Stunden so angenehm wie möglich machen. Ihr habt euch bestimmt eine Menge zu erzählen«, rief er noch über die Schulter, ehe er mit Henrike über die Holztreppe verschwand.

In der Küche verschloss er die Luke und wandte sich an Henrike.

»Solltest du einen Fluchtversuch wagen, wird deine Freundin mit ihrem Leben dafür bezahlen. Hast du das verstanden?«

Henrike, die Steffen gut genug kannte, um zu wissen, dass er keine leeren Drohungen ausstieß, nickte. Zufrieden hob er ihren Kopf an, damit sie ihm direkt in die Augen blicken musste.

»Bist du bereit für unsere letzte Vorstellung?«

»Für uns wird es niemals eine gemeinsame Zukunft geben«, stieß sie hervor.

»Das stimmt. Nicht in diesem Leben.«

»Die Liebe zu Dennis und Emilia wird keinesfalls mit meinem Tod enden.«

»Mein Schatz, du musst nicht gleich so theatralisch sein. Ein Charmeur wie er wird sich bestimmt schnell mit einer anderen Frau trösten und für deine Tochter wirst du bald nur noch eine immer weiter verblassende Erinnerung auf einem Foto sein.«

Mit diesen Worten ergriff er Henrikes Hand und zog sie aus der Tür über den Hof. Schnell öffnete er das Schloss und zog sie in die Scheune.

»Wie gefällt dir mein privates Theater? Ich habe monatelang daran gearbeitet. Sieh nur, es hat sogar einen Vorhang.«

Steffen klickte auf einen Schalter. Spots flammten auf und beleuchteten die Bühne an der Stirnseite der Scheune. Rechts und links hingen Vorhänge aus einem schweren dunkelroten Stoff. Auf der selbst gebauten Holzkonstruktion standen ein Tisch und zwei Stühle. Auf einem saß eine weibliche Schaufensterpuppe in altertümlicher Kleidung, vor ihr auf dem Tisch standen ein Fläschchen und ein goldener Krug.

Davor reihten sich einige Stuhlreihen, auf denen weitere Schaufensterpuppen saßen, die wie Theaterbesucher gekleidet waren. Einige hatten sogar Programmhefte in den Händen. Aus den Lautsprechern, die rechts und links der Bühne standen, erklangen plötzlich Räuspern und leise Stimmen, wie man sie direkt vor einer Aufführung im Zuschauerraum vernehmen konnte.

»Erinnerst du dich an unseren letzten gemeinsamen Auftritt? Ich habe dein Kostüm für diese Aufführung extra aus dem Fundus des Oldenburgischen Staatstheaters gestohlen.«

Steffen zog Henrike auf die Bühne. »In den vergangenen Jahren habe ich mit dieser Puppe geprobt. Jetzt werde ich dich endlich wieder in meinen Armen halten! Zieh dir die Sachen an!«, befahl er plötzlich in barschem Tonfall. Wie ferngesteuert ging Henrike zu der Puppe und zog ihr die Kleidung aus. Wenig später betrachtete sie sich in dem großen Wandspiegel, der seitlich auf der Bühne stand.

»Du bist wunderschön!« Steffen trat hinter sie und legte seine Arme um ihren Bauch. Als er Henrike an sich drückte, spürte sie seinen warmen Atem wie einen Todeshauch in ihrem Nacken.

»Lass uns beginnen.«

Sie drehte sich zu ihm um.

»Wie du willst.«

Steffen aktivierte mit dem Fuß einen der in den Boden integrierten Schalter. Aus den Boxen erklang nun die Eröffnungsszene.

Während der Chor die einleitenden Worte sprach, schloss Henrike die Augen und konzentrierte sich auf ihren Auftritt. Sie hatte die Rolle der Julia so oft gespielt, dass sie das Drama auswendig kannte. Sie hätte nur niemals gedacht, dass dieses Stück eines Tages keine Theateraufführung, sondern bittere Realität sein würde.

***

Während sich Henrike in der Scheune auf ihren letzten Auftritt vorbereitete, öffnete Joost die Augen. Sein Kopf fühlte sich an, als wäre darin eine Bombe explodiert. Die Umgebung, die er zunächst nur verschwommen sah, gewann nach und nach an Konturen. Ungläubig sah er im flackernden Licht einer Kerze Ricarda an, die ihm gegenüber an ein Regal gefesselt war.

»Wo bin ich?«

»In einem Keller und … das habe ich auch schon versucht«, meinte sie, als er sich mit aller Kraft gegen seine Fesseln stemmte. »Das Paketband kannst du nicht zerreißen.«

»Was ist passiert?«, wollte Joost wissen.

»Ich nehme an, dass Steffen dich überrumpelt hat. Wie es aussieht, hat er dir eine Flasche oder so über den Schädel gezogen. Zum Glück blutet die Platzwunde nicht mehr.«

»Das darf doch nicht wahr sein!«, knurrte Joost wütend, als er sich an die Bierflasche erinnerte, die Steffen ihm zugeworfen hatte. Er war auf einen der ältesten Ablenkungstricks der Menschheit hereingefallen. Während er die Flasche aus einem Reflex heraus aufgefangen hatte, hatte ihn sein Widersacher niedergeschlagen. »Ich bin so ein Idiot!«

»Da kann ich nicht einmal widersprechen. Wenn du mir mit meinem Verdacht gegen Steffen von Anfang an geglaubt hättest, wären wir jetzt nicht hier. Hoffentlich kommen deine Kollegen bald.«

»Ich habe niemandem gesagt, wo ich bin.«

»Du bist allein gekommen?« Ricarda starrte Joost ungläubig an. »Warum das denn?«

»Ich habe mir Sorgen um dich gemacht.«

»Du hast … *was*?«

»Jetzt sieh mich nicht so entsetzt an! Ich hatte mir unser erstes Candle-Light-Rendezvous auch anders vorgestellt.«

»Sag mir nicht, dass du ausgerechnet in dieser Nacht gegen alle Regeln verstoßen und *Harter Bulle gegen den Rest der Welt* gespielt hast.«

»Mein Boss hat mir die Hölle heißgemacht, als ich in dem Fall recherchiert habe. Wenn ich nichts unternommen hätte …«

»… wärst du jetzt in deinem Bett!«, beendete Ricarda den Satz.

»Ich möchte aber lieber bei dir sein.«

»War das etwa so etwas wie ein Kompliment, oder weißt du nach dem Schlag auf den Kopf nicht mehr, was du eigentlich redest?«

»Möglich ist alles«, antwortete Joost ausweichend. »Da uns niemand retten wird, sollten wir besser überlegen, wie wir hier rauskommen.«

»Das ist unmöglich.«

»Man muss das Unmögliche versuchen, um das Mögliche zu erreichen.«

Ricarda sah ihren Nachbarn verwundert an. »Der Gedanke ist von Hermann Hesse. Das ist einer meiner Lieblingsautoren. Ich wusste nicht, dass du seine Bücher magst.«

»Du weißt vieles nicht.«

»Das stimmt … leider.« Das letzte Wort war kaum mehr als ein Flüstern.

»Ich mache dir einen Vorschlag.« Joost sah Ricarda an. »Sollten wir diese Nacht überleben, lade ich dich zum Essen ein. Wenn wir uns dabei nicht streiten, spendiere ich dir im Anschluss sogar noch einen Cocktail. Was hältst du davon?«

»Ein Cocktail wird nicht reichen.«

Joost schmunzelte trotz der bedrohlichen Situation, dann richtete er seine Aufmerksamkeit auf die Umgebung. »Sind in meinem Regal auch Einmachgläser, wie bei dir?«

»Hast du Hunger? Ich bin nicht sicher, ob das Zeug darin noch genießbar ist und … was machst du da?«, wollte Ricarda wissen, als Joost sich mit einer ruckartigen Bewegung nach hinten drückte, um sich Sekundenbruchteile später nach vorne fallen zu lassen. Diese Bewegung wiederholte er so oft, bis das Regal vibrierte.

»Was passiert mit den Gläsern?«

»Sie wackeln. Wenn du nicht aufpasst, fallen sie runter.«

Kurz darauf hatte Joost mit seinen ständigen Bewegungen eines der Gläser an die Regalkante gebracht. Es fiel nur wenige Zentimeter neben ihm herunter und zerbarst auf dem Steinfußboden. Scherben verteilten sich zwischen den eingelegten Gurken auf dem Boden und der Geruch von Essigwasser erfüllte den Raum. Joost betrachtete das zerbrochene Glas.

»Kannst du die Scherbe zu mir schieben?« Joost deutete mit dem Kopf auf eine dolchähnliche Scherbe. Einige Minuten zerrte Ricarda an den Fesseln und verbog ihren Körper, soweit es ihre untrainierten Muskeln und Sehnen zuließen, damit sie ihm das Glasstück mit dem Fuß zuschieben konnte. Dann gab sie frustriert auf.

»Ich schaffe es einfach nicht. Vielleicht solltest du dich beim nächsten Mal mit einem dieser Gummimenschen aus dem Zirkus einsperren lassen.«

»Das will ich aber nicht. Die Gläser auf dem obersten Boden deines Regals stehen recht weit vorne. Wenn du an der Verstrebung ruckelst, können sie herunterfallen.«

»Wenn mir ein Glas aus dieser Höhe auf den Kopf fällt …«

»… wird es an deinem Sturkopf zerbrechen«, beendete Joost den Gedankengang. »Willst du in einem Keller sterben oder in einem feinen Restaurant mit mir essen gehen?«

Im Licht der flackernden Kerze sah ihm Ricarda tief in die Augen. Noch vor wenigen Tagen wäre die Aussicht auf ein Date mit ihrem Nachbarn so verlockend wie ein Magengeschwür gewesen. Auch wenn der Wunsch nach einem Treffen wahrscheinlich nur eine psychische Reaktion auf die Gefangenschaft war, ließ sie sich so fest wie möglich gegen das Regal fallen. Die Stahlverstrebung vibrierte so heftig in ihrem Rücken, dass sich die Schwingungen in ihrem Körper fortsetzten. Entschlossen ließ sich Ricarda so lange gegen das Regal fallen, bis … gleich drei Gläser herausfielen. Eines landete schmerzhaft auf ihrer Schulter und rutschte von dort neben sie. Die beiden anderen zerbarsten auf dem Steinboden.

»Siehst du diese Scherbe?« Joost deutete auf ein dreieckiges Glasstück, das neben ihrem linken Knie lag. »Ich schiebe sie zu dir.«

Wenig später hatte Joost die Scherbe mit seinen langen Beinen neben ihren Hintern geschoben.

»Kommst du da ran?«

Statt einer Antwort verrenkte sich Ricarda, soweit es ging. »Ich habe es gleich und ... autsch! Ich habe mich geschnitten.«

»Du schaffst das«, spornte Joost sie an.

»Ich kann kein Blut sehen.«

»Dann sieh mich an!«

Ricarda gehorchte, während sie mit den Fingerspitzen so lange über die Scherbe strich, bis sie diese verkanten und aufnehmen konnte. Als sie ihr aus den blutverschmierten Fingern rutschen wollte, biss sie die Zähne zusammen und griff fester zu.

Ohne Joost aus den Augen zu lassen, drückte sie die Scherbe gegen das Paketband und ließ sie vor- und zurückgleiten. Zu ihrer Überraschung glückte das Unmögliche und das Paketband fiel tatsächlich zerschnitten zu Boden. Ricarda zog die Hände nach vorne und betrachtete ihre blutenden Finger. Die Hände kribbelten von der Fesselung.

»Mir ist so komisch ...« Sie verdrehte die Augen.

»Ricarda, bleib bei mir!«

Unter normalen Umständen hätte sich Ricarda diesen Befehlston nicht gefallen lassen. Aber von *normalen Umständen* war sie momentan so weit entfernt wie ein Pinguin von einem Strand auf Hawaii.

»Gut. Jetzt kommst du zu mir.«

Mit mechanischen Bewegungen robbte Ricarda über den Steinboden und befreite auch Joost von seinen Fesseln. Dann fiel sie in sich zusammen wie eine Marionette mit zerschnittenen Fäden. Joost hielt sie mit dem linken Arm fest, während er mit der rechten Hand sein Handy aus der Hosentasche kramte, das Steffen ihm nicht abgenommen hatte. Mit zitternden Händen wählte er den Notruf, aber ... niemand meldete sich.

»So ein Mist!«, schimpfte er, als er die fehlenden Balken auf dem Display bemerkte. Wenn Joost in dem Keller keinen Empfang hatte, musste er es oben versuchen. Dort konnte er bestimmt telefonieren … aber er wollte nicht aufstehen. Joost hätte nie gedacht, dass es sich eines Tages so gut anfühlen würde, Ricarda im Arm zu halten. Auch wenn das wahrscheinlich nur während ihrer Ohnmacht möglich war.

»Wie fühlst du dich?«, wollte er wissen, als sie kurz darauf die Augen aufschlug.

»Beschissen trifft es nicht annährend. Bitte entschuldige meine ordinäre Wortwahl.«

»Hast du eine Vorstellung davon, was wir uns als Polizisten bei den Einsätzen anhören müssen?«

»Haben wir es tatsächlich geschafft?« Ihre Lippen verzogen sich zu einem Lächeln. Zu seiner Freude wand sie sich nicht aus seinen Armen.

»Sieht ganz so aus und …«

Sie erstickte die restlichen Worte mit einem überraschenden Kuss. Joost sah sie irritiert an.

»Was war das denn?«

»Wahrscheinlich der dümmste Fehler meines Lebens. Komm jetzt!«

Sie stand auf und schleppte sich die Stufen der Treppe hoch. Oben drückte sie gegen die Bodenplatte.

»Das Ding geht nicht auf!«

»Lass mich mal.«

Ricarda tauschte mit Joost die Plätze. Aber auch er bewegte die Platte keinen Millimeter.

»Das schaffe ich nicht. Wenn Steffen etwas auf die Bodenluke gestellt hat, sind wir erledigt. Wahrscheinlich wird uns niemand hier unten finden.«

»Dann war alles umsonst?«, flüsterte Ricarda.

Joost stieg die Stufen wieder hinab und hob die Schultern.

»Ohne Hilfe kommen wir hier nicht raus. Da es weder ein Fenster noch eine Tür gibt, ist die Luke der einzige Zugang. Wir müssen unser gemeinsames Abendessen also vorziehen. Darf ich dich zu sauren Gurken, eingelegtem Obst und … das sieht nach Marmelade aus … einladen?«

Seine Nachbarin brachte ein schiefes Lächeln zustande. »Das klingt fantastisch. Dazu können wir Essigwasser trinken.« Mit den Fußspitzen schoben sie die Scherben zur Seite. Dann stellte sie einige Gläser auf eine Holzkiste, die im Regal gewesen war. Darin hatten sich mehrere Kerzenstumpen befunden, die sie nun auf dem Boden verteilten und an dem Docht der noch immer brennenden Kerze anzündeten. Joost zog seine Jacke aus und legte sie auf den Boden. »Setz dich bitte. Vor dem Essen werde ich mir noch deine Hände ansehen.«

»Die Schnitte scheinen nicht besonders tief zu sein.«

Ricarda streckte ihm die Hände entgegen, damit er das Blut notdürftig mit einem Papiertaschentuch abwischen konnte. Dann kniete er sich auf den kalten Boden, öffnete ein Gurkenglas und reichte es ihr mit einer galanten Geste.

Während der Mahlzeit sagte keiner von ihnen etwas, als ahnten sie, dass sie sich in diesem Moment in ihrem Schweigen näher waren, als sie es mit Worten jemals sein würden.

Oldenburg, September 2017

Timo starrte auf den Schlüsselbund, den er in der Schublade des Hausinspektors im Oldenburgischen Staatstheater gefunden hatte. Inzwischen hatte er das Zeitungsbild so oft damit abgeglichen, dass er jeden Zweifel ausschließen konnte. An diesem Abend hatte er seinem Freund die Wohnungstür zum ersten Mal nicht geöffnet. Stattdessen hatte er ihn heimlich durch den Türspion beobachtet. Er wollte erst dann wieder etwas mit ihm zu tun haben, wenn er die Frage, ob Steffen ein Mörder war, verneinen konnte.

Bis dahin musste er unbedingt in Ruhe nachdenken. Aber seine Gedanken drehten sich seit dem Schlüsselfund am Vormittag immer nur im Kreis. Wenn er ein wichtiges Beweisstück unterschlug, würde der Ehemann von Henrike Sattler möglicherweise unschuldig verurteilt werden. Auch wenn Timo viele Dinge nicht verstand, wusste er doch, dass es *falsch* war, wenn der wahre Mörder nicht gefasst wurde. Wenn er *richtig* handeln wollte, musste er den Schlüsselbund so schnell wie möglich zur Polizei bringen, auch wenn sich seine Fingerabdrücke darauf befanden. Die Beamten würden ihm bestimmt glauben, dass er ihn gefunden hatte.

Nachdem er sich für die Herausgabe des Schlüssels entschieden hatte, wickelte er diesen in ein Papiertaschentuch und steckte ihn in seine Jackentasche. Dann machte er sich auf den Weg zur Polizeistation am Friedhofsweg. Dort fragte er nach dem ermittelnden Beamten.

»Moin. Mein Name ist Sebastian Gernbauer. Mein Kollege sagte, dass Sie eine Information im Fall der getöteten Joggerin haben?«, wurde er wenige Minuten später von einem älteren Mann mit militärischem Kurzhaarschnitt begrüßt.

»K-keine Information, sondern ein B-beweis-s-stück.«

»Ganz ruhig. Folgen Sie mir bitte in mein Büro. Dort können Sie mir alles in Ruhe erzählen.«

Wenig später schaute ihn der Polizist nachdenklich an.

»Wenn ich Sie richtig verstanden habe, sollten wir uns schnellstens mit Steffen Döpker unterhalten. Wissen Sie, wo wir ihn finden können?«

Timo schüttelte den Kopf.

»In Ordnung. Bitte halten Sie sich zu unserer weiteren Verfügung bereit.«

»Was p-p-passiert j-jetzt?«

»Wir werden nach Ihrem Freund fahnden. Schließlich haben Sie ihm für die Nacht von Henrike Sattlers Verschwinden ein falsches Alibi gegeben. Sollten sich DNA-Spuren von ihm auf dem Schlüsselbund befinden, ist er dringend tatverdächtig.«

»K-kann ich jetzt g-g-gehen?«

Sebastian Gernbauer nickte. »Mit Ihrer Falschaussage haben Sie möglicherweise einen Verbrecher gedeckt. So etwas ist kein Kavaliersdelikt.«

Timo nickte betreten. Dann stand er auf und ging wortlos aus dem Büro.

Der Polizist sah ihm nach. Wenn der Kerl die Wahrheit gesagt hatte, war Joost die ganze Zeit auf der richtigen Spur gewesen. Sollte die Öffentlichkeit erfahren, dass er einen Mitarbeiter an Recherchen gehindert hatte, die zur Ergreifung des Täters geführt hätten, war seine Karriere beendet.

Wenn er es allerdings geschickt anstellte, konnte er die Ergreifung von Steffen Döpker als Erfolg seiner eigenen Ermittlungsarbeit feiern. Sebastian Gernbauer griff nach dem Telefon und bellte einige Befehle in den Hörer. Nachdem er seine Mitarbeiter zu Steffens Oldenburger Wohnung geschickt hatte, bat er seine Kollegen in der Stadt Norden um Unterstützung. Sie versprachen ihm, sich den Bauernhof in Ostfriesland, von dem Joost gesprochen hatte, einmal anzusehen. Anschließend wählte er die Nummer eines Freundes, der im Landeskriminalamt Hannover arbeitete. Dieser sicherte ihm zu, den Schlüsselbund sofort zu untersuchen. Schließlich sorgte Sebastian Gernbauer noch dafür, dass das Beweisstück auf dem schnellsten Weg in die niedersächsische Landeshauptstadt gebracht wurde, und ließ sich auf seinen Bürostuhl fallen. In Gedanken ging er bereits seine Rede durch, die er auf der Pressekonferenz halten würde, nachdem Steffen Döpker als Mörder überführt wurde. Dieser Fall würde die Krönung seiner bisherigen Karriere sein.

Tödlicher Vorhang

Ostfriesland, September

Henrike und Steffen waren in ihrer eigenen Welt versunken. Auch wenn die Schauspielerin immer für ihre Rolle der Julia vom Publikum gefeiert worden war, hatte sie diese noch nie so intensiv gespielt. In Gedanken war Henrike während der Aufführung jedoch bei Dennis. Jedes Lächeln galt nur ihrem Mann. Die zärtlichen Worte waren ausschließlich für seine Ohren bestimmt. Die Berührungen sollte er allein spüren. In dieser Nacht spielte Henrike ihre Rolle nicht nur.

Sie lebte sie.

Bis zum bitteren Ende.

Henrike musste sich eingestehen, dass Steffen die Rolle des Romeos mit einer Inbrunst spielte, die jeden Zuschauer in ihren Bann gezogen hätte. Als sie zu der Szene in Julias Kammer kamen, dachte Henrike so intensiv an Dennis, dass sie seine Anwesenheit geradezu *spüren* konnte. Die Schauspielerin zweifelte keinesfalls daran, dass sie statt des Schlaftrunks, den sie in dem Drama zu sich nehmen musste, nun Gift trinken würde.

Seltsamerweise schreckte sie der Tod nicht.

Wenn sie aber starb, würde ihre Tochter ohne Mutter aufwachsen und Dennis viele Jahre unschuldig hinter Gittern sitzen. Vielleicht würde sich Emilia später sogar von ihrem Vater abwenden, da sie ihn für einen Mörder hielt. Wenn Henrike in dieser Nacht vergiftet wurde, würde niemand von ihnen jemals die Wahrheit erfahren!

Und das … war vollkommen ausgeschlossen!

Während ihrer Rezitation wandte sie sich daher von Steffen ab und ließ den Blick durch die Scheune schweifen. Wenn sie es bis zum Tor schaffte, konnte sie das Gebäude von außen verriegeln. Selbst wenn sie damit nur wenig Zeit gewonnen hatte, würde sie diese nutzen, um Ricarda und ihren Nachbarn zu befreien und gemeinsam mit ihnen zu fliehen. Wenn Joost seinen Wagenschlüssel noch hatte, konnten sie mit dem Fahrzeug entkommen.

Als Steffen ihr den Krug reichte, huschte ein selbstgefälliges Grinsen über sein Gesicht. Ihre Finger schlossen sich wie von selbst darum. Mit langsamen Bewegungen führte sie ihn zum Mund. Steffen, der nur eine Armlänge von ihr entfernt war, beobachtete sie mit wachsender Spannung. Bevor Henrike das Gefäß an die Lippen setzte ... schüttete sie ihm den Inhalt ins Gesicht. Dann sprang sie von der Bühne und rannte mit gerafftem Rock durch die Stuhlreihen. Die Schaufensterpuppen verfolgten ihren Fluchtversuch mit leeren Augen.

Wenige Sekunden später hatte sich Steffen von der Überraschung erholt und eilte ihr nach. Henrike rannte wie nie zuvor in ihrem Leben. In der letzten Stuhlreihe blieb ihr Rock an einem Puppenarm hängen, einige wertvolle Augenblicke lang drohte sie zu stürzen. Nach einem Ausweichschritt befreite sie das Kleidungsstück mit einem Ruck und lief weiter.

Als sie nur noch wenige Meter von dem rettenden Tor trennten, steigerte sie das Tempo noch weiter, auch wenn sie keine Ahnung hatte, woher sie die Kraft dazu nahm. Ihre Beine funktionierten rein mechanisch, als wären sie Kolben einer Maschine. Das Herz hämmerte wie ein Motor in ihrer Brust. Sie presste die Hand gegen das rettende Tor, stieß es auf und ... wurde grob zurückgerissen.

»Wir sind noch nicht fertig!«

Henrike wirbelte herum und fiel vor Steffen auf die Knie. Wutentbrannt beugte er sich über sie.

»Du wirst diese Szene zu Ende spielen! Wir werden ...«

Ein Motorengeräusch ließ ihn überrascht aufsehen. Durch den Türspalt blickte er nach draußen.

»Was zur Hölle wollen die denn hier?«

Als Henrike die beiden Streifenwagen sah, handelte sie rein instinktiv. Sie sprang auf und rammte ihm ihr Knie in den Unterleib. Steffen presste die Hände in den Schritt und sie stürzte nach draußen. Die Polizisten, die gerade ausgestiegen waren, drehten sich überrascht zu ihr um.

»Er ... ist ...«

Mit einem Mal schien sie alle Kraft zu verlassen. Henrike strauchelte. Bevor sie zu Boden fiel, fing sie ein jüngerer Polizist mit gelockten dunkelbraunen Haaren auf, die unter seiner Mütze hervorquollen.

»Ganz ruhig. Sie sind jetzt in Sicherheit.«

In Sicherheit.

Diese Worte hatten niemals köstlicher geklungen.

»Wer befindet sich noch in der Scheune?«, wollte er von ihr wissen.

»Steffen Döpker. Ricarda ist … im Keller … eingesperrt … Sie müssen … helfen …«

»Wovon sprechen Sie?«

»Lass die Frau doch erst einmal zu Atem kommen!«

Eine ältere Beamtin mit einem blonden Pferdeschwanz ging zu Henrike. »Ich kümmere mich um sie«, sagte sie, als sie bei ihr war. Dann wandte sie sich an ihre drei Kollegen. »Nehmt ihr euch den Kerl in der Scheune vor.«

Während die Beamten die Waffen zogen und auf das offen stehende Tor zugingen, deutete sie auf eine der geöffneten Wagentüren.

»Setzen Sie sich erst einmal. Wenn Sie wieder Luft bekommen, erzählen Sie mir alles in Ruhe. Ich bin übrigens Britta Roden.«

»Sie müssen … nach ihnen … sehen.«

»Ich kann Sie in der jetzigen Situation nicht allein lassen.«

»Was werden sie … mit ihm … machen?« Mit einem Kopfnicken deutete Henrike zur Scheune.

»Das hängt von dem Verdächtigen ab. Wenn er kooperiert, wird er festgenommen. Sollte er Widerstand leisten …«

Sie verstummte. Nach einer Weile, die Henrike wie eine Ewigkeit vorkam, kam der junge Polizist aus dem Tor und lief zu ihnen.

»Der Verdächtige hat aus einer geöffneten Flasche getrunken und ist mit Krämpfen zusammengebrochen. Ich habe bereits den Notarzt alarmiert. War da wirklich Gift drin?« Mit dieser Frage wandte er sich an Henrike.

»Ich denke schon«, murmelte sie. Auch wenn die Schauspielerin nicht wusste, was für ein tödliches Gebräu Steffen zu sich genommen hatte, war sie sicher, dass er diese Nacht nicht überleben würde.

»Wir müssen uns endlich um meine Freundin kümmern«, verlangte sie.

Wenig später sah sie zu, wie die Beamten den Kühlschrank von der Luke schoben. Als sie die Bodenklappe öffneten, hatte Henrike das Schlimmste erwartet. Aber auf diesen Anblick hätte sie nichts vorbereiten können.

Der Kellerraum war voller Kerzen, die im Luftzug flackerten. Joost lehnte an einem der Regale. Den rechten Arm hatte er um Ricarda gelegt. Sie hob den Kopf und blinzelte in das Licht, das durch die geöffnete Luke fiel. Als sie ihre Freundin erkannte, schüttelte sie ungläubig den Kopf.

»Henrike? Bist du das wirklich, oder werde ich langsam meschugge?«

»Ich denke, dass beides zutrifft.« Henrike lachte, während ihr gleichzeitig Tränen der Erleichterung über die Wangen liefen. Wenige Augenblicke später fielen sich die Freundinnen in die Arme.

»Ich hätte nie gedacht, dass wir uns jemals wiedersehen. Was ist mit Steffen?«

»Er hat sich vergiftet.«

»Wenn ich daran denke, was er dir alles angetan hat, dann …«

»Er war ein gebrochener Mann«, unterbrach Henrike sie. »Der Albtraum ist jetzt vorbei.«

»Die Sanitäter wollen euch durchchecken.« Britta Roden deutete auf den inzwischen eingetroffenen Krankenwagen.

»Mir geht es gut. Ich brauche keinen Arzt«, entgegnete Ricarda.

»Deine Schnittwunde muss versorgt werden. Außerdem ist ein Medizincheck *Vorschrift*!« Nachdem Joost das letzte Wort ausgesprochen hatte, huschte ein Lächeln über sein Gesicht.

»Wenn es eine Vorschrift ist, werde ich diese selbstverständlich befolgen.« Ricarda zwinkerte ihm zu.

Nach der Versorgung ihrer Wunden und der medizinischen Untersuchung, bei der zum Glück keine weiteren Verletzungen festgestellt werden konnten, wurden sie von den Beamten zur Polizeidienststelle Norden gebracht. Dort machten sie ihre Aussagen.

»Ich bringe euch nach Oldenburg«, sagte Britta Roden nach der Vernehmung und blickte in drei übermüdete Gesichter. Auf Joosts Einwand, dass er selbst fahren könnte, reagierte sie mit einem unmissverständlichen »So wiet kümmt dat noch!«

Nachbarn

Oldenburg, Oktober

Die Oldenburger Polizei hat mit dem Mord an der Joggerin Marina Testner und dem geheimnisvollen Verschwinden der bekannten Schauspielerin Henrike Sattler zwei spektakuläre Verbrechen aufgeklärt, die die Stadt in den letzten Wochen in Atem gehalten hatten. Wie der leitende Polizeidirektor Sebastian Gernbauer gestern auf einer Pressekonferenz mitteilte, hatte er gleich zu Beginn der Ermittlungen einen Zusammenhang zwischen den beiden Fällen vermutet, über den er die Öffentlichkeit aus ermittlungstaktischen Gründen nicht informierte. Nachdem die Spurenanalyse auf dem Schlüsselbund mikroskopisch kleine Blutspuren ergeben hatte, konnten diese mit einem DNA-Abgleich zweifelsfrei Steffen Döpker zugeordnet werden. Der Münchner Schauspieler Dennis Sattler wurde gestern aus der Untersuchungshaft entlassen. In einem ersten Interview ...

Ricarda ließ die Nordwest-Zeitung sinken und sah ihren Nachbarn entrüstet an. An diesem Samstagvormittag saßen sie in der Küche seiner Wohnung und frühstückten. »Was für ein aufgeblasener Wichtigtuer! Ohne deine Hilfe hätte er den Fall doch nie aufgeklärt. Dein Name sollte hier stehen!«

Joost stellte seine Kaffeetasse ab. »Das ist nicht schlimm. Ich stehe ungern im Rampenlicht.«

»Ist es etwa gegen die Vorschriften, ein Held zu sein?« Sie zwinkerte ihm zu.

»Du weißt doch, dass ich mich nicht immer an die Regeln halte. Schließlich habe ich dich bei dem Einbruch in Steffens Wohnung gedeckt. Da wir die Fingerabdrücke nicht zuordnen konnten, wird er bald als ungelöster Fall im Archiv verstauben.«

»Ich hätte nie gedacht, dass du manchmal sogar ein richtig böser Junge sein kannst.«

»War ich dir in der letzten Nacht etwa zu temperamentvoll?«

»Für einen Beamten war es nicht schlecht. Aber ...«

»... *was*?«, unterbrach er sie und ergriff ihre Hand.

Statt einer Antwort küsste sie ihn und stand auf.

»Ich muss jetzt los. Bei Henrikes letzter Vorstellung im Staatstheater werde ich wieder Fotos machen. Die Nordwest-Zeitung möchte einige der Bilder für die Sonderausgabe verwenden. Da meine Arbeit in den letzten Tagen liegen geblieben ist, muss ich noch einiges vorbereiten.«

»Stimmt es, dass Timo neben Dennis in der Loge sitzen wird?«

»Henrike hat darauf bestanden. Wenn er den Schlüsselbund nicht bei der Polizei abgegeben hätte, wären wir jetzt ...«

»Ohne unser erstes Abendessen im Keller würden wir bestimmt nicht schon wieder zusammen frühstücken«, unterbrach er sie.

»Damit hast du recht. Wir sehen uns später.«

Wenige Sekunden danach knallte sie die Wohnungstür hinter sich zu. Joost grinste. Manche Dinge änderten sich anscheinend nie.

Er trank seinen Kaffee aus, stand auf und ging ins Bad. Auf dem Weg dorthin hob er Ricardas Schuhe, die mitten im Flur lagen, auf und stellte sie neben seine Sneakers in das Schuhregal. In den letzten Tagen hatte sie nicht nur seine Wohnung, sondern auch sein Leben auf den Kopf gestellt.

***

Die letzte Vorstellung des Schauspiels Romeo und Julia im Großen Haus des Oldenburgischen Staatstheaters war innerhalb weniger Stunden ausverkauft. Nach dem Ende des Stücks brandete frenetischer Beifall auf. Als Henrike Sattler nach dem dritten Vorhang als letzte Darstellerin auf die Bühne trat und sich vor dem Publikum verbeugte, rannen Tränen über ihr Gesicht. Während ihr Kollege in der Rolle des Romeos an dem vergifteten Trank gestorben war, hatte sie wieder Steffen vor sich gesehen. Mit ihrer Rückkehr nach Oldenburg hatte sie sich den Dämonen ihrer Vergangenheit stellen wollen. Nun hatte die jahrelange Flucht vor sich selbst ein Ende.

In den letzten Tagen hatte sich Henrike immer wieder gefragt, ob sie für Steffens Tod verantwortlich war. Inzwischen hatte sie aber erkannt, dass es nichts gab, das sie für ihn hätte tun können, denn seine Gefühle hatten nichts mehr mit Liebe zu tun. Sie waren längst einem Wahn gewichen, aus dem er nur noch einen einzigen Ausweg gesehen hatte. Für ihn war der tödliche Vorhang gefallen.

Nach dem letzten Applaus folgte sie ihren Kollegen in die Garderobe. Sie schminkte sich ab, zog sich um und verließ das Theater durch den Hinterausgang. Dort wurde sie neben Ricarda und Dennis von einem Mann erwartet, der seit ihrer Einladung zum Abendessen kaum noch schlafen konnte.

»Ich f-f-freue mich, Sie z-zu s-s-sehen.«

»Moin, Timo. Du kannst mich ruhig Henrike nennen. Hast du dich schon wieder mit Ricarda vertragen?«

»Ich habe ihm erklärt, warum ich ihn damals im ›Extrablatt‹ sitzen gelassen habe. Als Entschuldigung habe ich ihm eine Kneipentour versprochen.«

Henrike sah Timo an. »Bist du sicher, dass du dich darauf einlassen willst? Wenn Ricarda so richtig in Fahrt ist, tanzt sie gelegentlich auch auf den Tischen.«

»Das habe ich nur ein einziges Mal gemacht!«, rechtfertigte sie sich. »Und es war kein Tisch, sondern die Theke und …«

»… jetzt hat sie jemanden, der darauf achtet, dass sie sich immer an die Spielregeln hält!« Joost trat zu ihnen und ergriff ihre Hand. »Ich konnte leider nicht früher kommen.«

»Musstest du wieder mal die Welt retten?«, neckte ihn Ricarda.

»Darum muss sich jetzt jemand anders kümmern. Mit dir habe ich genug zu tun.«

»Ich habe einen Bärenhunger«, meinte Dennis. »Nach der Gefängniskost freue ich mich auf eine anständige Mahlzeit.«

Eine halbe Stunde später saßen sie an einem runden Tisch in einem Restaurant und aßen zu Abend. Danach stürzten sie sich in das Oldenburger Nachtleben. Als sie sich voneinander verabschiedeten, dämmerte es bereits.

***

»Ich kann unseren Aufenthalt in der Pension Friesenbrise kaum noch erwarten, Dennis! Es wird Zeit, dass du endlich eine

139

Nordseeinsel kennenlernst. Auf Norderney können wir uns von einer frischen Brise so richtig durchpusten lassen, nach den letzten Wochen wird uns eine kurze Auszeit mit unserer Tochter guttun. Ich freue mich so auf das Wiedersehen mit ihr.« Dennis Sattler legte einen Pullover in den Koffer. Dann verschloss er das Gepäckstück und nahm Henrike in seine Arme.

»Ich kann dir gar nicht sagen, wie sehr ich dich liebe.«

»Dann lass es mich einfach spüren.«

Er küsste sie zärtlich. »Die schlimmsten Momente meiner Gefangenschaft bestanden nicht in der Aussicht auf eine lebenslange Haft, sondern in der Annahme, dass Emilia und du nicht an meine Unschuld glauben würdet. Wir haben Ricarda viel zu verdanken.«

Henrike nickte. »Für sie ist Freundschaft mehr als nur ein Wort.«

»Du kannst stolz auf eine Freundin wie sie sein. Auch wenn sie ein wirklich verrücktes Huhn ist. Ihre gestrige Tanzeinlage mit Timo war wirklich der Brüller.«

»Sie hat es wieder einmal ordentlich krachen lassen. Du warst aber auch nicht gerade ein Kind von Traurigkeit. Wie viele Whisky Sour hast du eigentlich getrunken?«

»Genau einen zu viel«, erwiderte Dennis lachend. »Aber ich bereue keine Sekunde der letzten Nacht.« Bei dieser Bemerkung sah er Henrike mit einem breiten Grinsen an.

»Das will ich dir auch geraten haben!« Sie küsste ihn. Wenig später checkten sie aus dem Hotel aus und ließen sich von einem Taxi zum Bahnhof bringen. Auf dem Bahnsteig sahen sie auf die Anzeige.

»Das fängt ja gut an«, grummelte Dennis. »Der Zug nach Norddeich-Mole hat einige Minuten Verspätung und ...«

»Henrike!«

Der Münchner verstummte, als er Ricardas Stimme hörte.

»Ich wollte schon früher zum Hotel kommen, aber ich habe meine Schuhe nicht gefunden.«

Henrike sah ihre Freundin überrascht an. »Wir haben uns doch gestern schon voneinander verabschiedet.«

»Ich wollte dir das hier noch geben. Die Aufnahme ist kein Fake!«

Henrike nahm den Bilderrahmen entgegen. Das Foto darin war ein Schnappschuss von Ricarda und ihr, den sie gestern Abend mit einem Selbstauslöser gemacht hatten. Darauf waren die Freundinnen zu sehen, wie sie lachend in die Kamera sahen, während sie auf ihren Köpfen halbvolle Sektgläser balancierten. Das Bild wurde genau in dem Moment aufgenommen, in dem Henrike eine unfreiwillige Sektdusche nahm.

»Vergiss mich nicht!« Ricarda nahm sie in den Arm.

»Wie könnte ich? Komm uns doch einfach in München besuchen.«

»Das werde ich mit Sicherheit machen. Joost kennt die Stadt noch nicht.«

»Wird das etwas Ernstes?«

»Das weiß ich nicht. Im Moment fühlt es sich einfach nur unglaublich gut an.«

»Er ist jederzeit willkommen. Ich freue mich jetzt schon auf unser Wiedersehen.«

Henrike drückte ihre Freundin noch einmal fest an sich. Dann stieg sie mit Dennis in den Waggon des Zuges, der gerade eingefahren war, und setzte sich auf einen Fensterplatz. Als sie den Bahnhof verließen, winkte Henrike so lange, bis sie Ricarda nicht mehr sehen konnte. Dann ergriff sie Dennis' Hand.

Blaulicht

Ostfriesland, Oktober

»Was wollen Sie denn schon wieder hier?«
Grete Döpker sah Joost Kramer überrascht an. Nach dem
Abendessen hatte sie in ihrem Zimmer des Seniorenparks
ferngesehen. Das Klopfen an der Tür hatte sie aufgeschreckt.
»Darf ich reinkommen?«
»Natürlich.« Sie trat einen Schritt zur Seite und ließ den
Polizisten eintreten. »Wollen Sie mich auch zum Tod meines
Sohnes befragen?«
Er schüttelte den Kopf. »Mein Beileid. Die Nachricht muss
furchtbar gewesen sein.«
»Eigentlich nicht. Ich habe ihn schon vor vielen Jahren
verloren«, murmelte die Rentnerin.
»Das verstehe ich nicht. Sie haben mir doch bei meinem letzten
Besuch voller Stolz das Fotoalbum gezeigt.«
»In manchen Momenten ist es einfacher, mit einer Lüge zu
leben, als der Wahrheit ins Auge zu sehen. Ich wusste doch, dass
die Bilder gefälscht sind. Schließlich habe ich Henrike Sattler mit
ihrem Mann und der Tochter immer wieder in den Illustrierten
gesehen. Mein Sohn hat sich in eine Fantasiewelt
hineingesteigert. Zunächst habe ich ihm noch gesagt, dass er sie
vergessen muss. Irgendwann hatte ich dazu keine Kraft mehr.
Können Sie das verstehen? Ich habe Sie damals in der Hoffnung
zu dem Bauernhof geschickt, dass Sie ihn dort antreffen und zur
Vernunft bringen können.«
»Dazu war es leider schon zu spät.«
»Ich weiß.« Sie ergriff Joosts Hand und tätschelte sie wie bei
einem Kind. »Sie haben meine Frage aber noch nicht
beantwortet.«
»Warum ich hier bin?«
Sie nickte.
»Erinnern Sie sich an den Wunsch, von dem Sie mir damals
erzählt haben?«

Einen Moment lang sah sie ihn verwirrt an. Dann huschte ein Lächeln über ihr Gesicht. »Sie meinen die Fahrt in dem Streifenwagen? Das war doch nur der dumme Gedanke einer alten Frau. Außerdem ist es gegen die Vorschriften. Das haben Sie selbst gesagt.«

»Ist das Leben nicht langweilig, wenn man sich immer an die Regeln hält?«

Sie sah ihn überrascht an.

»Mit Blaulicht und Tatütata?«

»Das volle Programm. Darf ich Sie zu einer Spritztour einladen?«

»Wollen Sie mich etwa auf den Arm nehmen?«

»Das bestimmt nicht.«

»Helfen Sie mir in den Mantel?«

»Selbstverständlich!«

Wenig später verließen sie gemeinsam das Zimmer. Auf dem Flur hakte sich die alte Frau bei Joost ein.

»In der Uniform sehen Sie richtig schmuck aus. Ich bin sicher, dass Sie sich vor Frauen kaum retten können.«

»Eine reicht mir vollkommen. Als ich Ricarda von Ihnen erzählt habe, hat sie mir gesagt, dass ich Sie unbedingt zu einer Fahrt einladen muss. Träume muss man verwirklichen, hat sie gesagt.«

»Sie haben eine wirklich kluge Frau. Ich muss sie unbedingt einmal kennenlernen.«

»Dazu gibt es bestimmt bald eine Gelegenheit.«

Auf dem Parkplatz entriegelte Joost die Schlösser mit dem elektronischen Wagenöffner und hielt ihr galant die Beifahrertür auf.

»Wo soll es denn hingehen?«

»Ich will an den Strand.«

»Dann auf nach Norddeich!«

Joost stieg ein und startete den Motor. Auf der Hauptstraße schaltete er zunächst das Blaulicht und danach die Sirene an. Die alte Frau lachte. Wenn man ein paar Regeln brechen musste, um einem Menschen einen Traum zu erfüllen, würde er das immer wieder tun, denn es fühlte sich richtig gut an. Wie die Schmetterlinge, die in seinem Bauch herumflatterten …

Ostfrieslandkrimi-Empfehlungen
des Klarant Verlages

Lernen Sie die Ostfrieslandkrimi-Serie »Witte und Fedder ermitteln« von Sina Jorritsma kennen:

Die Kommissarin Antje Fedder ist ein waschechtes Juister Inselkind. Sie kennt ihr Heimat-Eiland wie ihre Westentasche. Als zurückhaltende Norddeutsche hat sie manchmal Probleme mit der charmanten und unbeschwerten Art ihres Kollegen Roland Witte, der heimlich in sie verliebt ist. Oder vielleicht doch nicht? Diese Frage muss zunächst unbeantwortet bleiben, denn die beiden Polizisten lösen auf der kleinen Insel auch die kniffligsten Krimirätsel. Auch Antjes Vater Tjark Fedder steht ihnen mit Rat und Tat zur Seite, denn der Gastwirt schnappt viele Informationen auf. Nur die übereifrige Bürgermeisterin Silke Meester erschwert den Ermittlern oft die Arbeit.

»Juister Herzen«, Band 1
Taschenbuch ISBN: 978-3-95573-911-9
eBook ISBN: 978-3-95573-912-6

Ein mysteriöser Todesfall versetzt die ostfriesische Insel Juist in Aufruhr. Im Bett einer Ferienwohnung liegt die Leiche einer jungen Frau. Doch weder sind äußere Verletzungen erkennbar, noch wohnte Diana Schröder in der Unterkunft, in der sie allem Anschein nach starb. Die Inselkommissare Antje Fedder und Roland Witte nehmen die Ermittlungen auf, und schnell finden sie heraus: Die Ferienwohnung wird von einer Selbsthilfegruppe gemietet, deren Mitglieder ihre große Liebe verloren haben. Juister Herzen nennt sich die Veranstaltung auf der idyllischen Nordseeinsel, die helfen soll, verletzte Seelen wieder zu heilen. Aber wie kam Diana überhaupt in dieses Bett? Und weshalb trug sie eine Pistole bei sich? Ins Visier der Ermittlungen gerät Clemens Vogt, der Leiter der Selbsthilfegruppe. Die Inselkommissare bezweifeln seine guten Absichten und stoßen schließlich doch auf eine überraschende Verbindung zwischen den Juister Herzen und der Toten ...

Klarant Verlag

Lernen Sie die Ostfrieslandkrimi-Titel des Klarant Verlages kennen und besuchen Sie uns im Internet unter:

www.ostfrieslandkrimi.de

und

www.klarant.de

Sie können dort Näheres über unsere Autoren erfahren, viele weitere interessante Bücher und eBooks finden und Leseproben herunterladen. Mit dem kostenlosen Newsletter auf

www.ostfrieslandkrimi-lesen.de

erhalten Sie aktuelle Informationen rund um das Verlagsprogramm, wie beispielsweise spannende Neuerscheinungen und Gewinnspiele.